D1325022

91100000087930

Michael Tequila

SĘDZIA
od świętego Jerzego

NOVAE RES

Podziękowania:

Serdecznie dziękuję wszystkim osobom, które w trakcie pisania, modyfikowania i poprawiania powieści wspomagały mnie swoimi uwagami i sugestiami.

Autorską wdzięczność kieruję w szczególności do Henryka Z. za cenne komentarze i sugestie oraz Henryka W. za uwagi i zachętę do pisania.

Szczególne podziękowania winien jestem mojej żonie, Annie, za jej wyrozumiałość z tytułu niezliczonych godzin spędzonych przeze mnie samotnie przy komputerze.

Dziękuję również wszystkim innym osobom, które okazały mi pomoc. One wiedzą najlepiej, kogo mam na myśli.

1

Sędzia Orlando nie tak wyobrażał sobie zakończenie dnia. Leżał w łóżku i leczył obrażenia, ale bardziej niż ciało cierpiała jego dusza. Był przygnębiony bandyckim napadem, a przecież dopiero kilka dni wcześniej po wielu latach nieobecności wrócił do kraju wypoczęty i szczęśliwy. Nie mieszał się do polityki, a już był poszkodowany.

Popatrzył na półkę nad głową, gdzie leżał nowiutki iPad, który podarowała mu siostra na przywitanie. Prawdziwe cacko w skórzanej granatowej oprawie. Nie potrafiłby żyć bez niego. iPad był dla niego wszystkim: prasą codzienną, telewizorem, telefonem, urzędem pocztowym i bankiem, nade wszystko zaś skarbnicą wiedzy o czym tylko dusza zamarzy. Jednak teraz nawet on go nie cieszył. Sędzia ponuro wpatrywał się w sufit i rozpamiętywał wydarzenia poprzedniego dnia. Wciąż powracała ta sama uparta myśl: wojna podjazdowa między głównymi partiami politycznymi przypominała Dominikanę – prowadziła donikąd. Został wciągnięty do gry, w której nienormalność graniczyła z paranoją.

Kiedy tak rozmyślał, do pokoju weszła siostra. Byli dobrym i rozumiejącym się rodzeństwem, choć niekiedy drażniło go jej wylewne współczucie. Siostra była starsza od niego, opiekowała się nim, kiedy był dzieckiem, i wczesne uczucia macierzyńskie pozostawiły w niej ślad łagodzony wątpliwą świadomością, że brat nie jest już dzieckiem. I tym razem zareagowała w dawnym stylu:

– Biedaku, zawsze byłeś taki sprawny i pełen energii, a teraz leżysz w łóżku i cierpisz z powodu tych łajdaków.

Orlando nie pozwolił jej mówić dalej. Wyleczyła go swoim współczuciem. Zareagował jak koń pobudzony niespodziewanie ostrogą:

– Mylisz się, Mario. Nie pozwolę, aby ktokolwiek zmuszał mnie do leżenia w łóżku. Dziś wieczorem przyjdzie lekarz, ale jutro bezwzględnie wstaję. – Ta perspektywa sprawiła, że od razu poczuł się lepiej. Był nawet wdzięczny siostrze za jej współczucie.

❖

Stali pod wielkim wiązem, najbardziej rozłożystym drzewem w parku i okolicy. Górowało ono nad innymi swoją ogromną i prawie idealnie poziomą koroną. Posadzono je niegdyś do góry korzeniami, a niezwykła zdolność adaptacji biologicznej spowodowała, że korzenie rozwinęły się w gałęzie i pokryły liśćmi.

Inicjatorem spotkania był przyjaciel Sędziego. To on zebrał dawnych kolegów szkolnych, aby spotkać się z Orlandem po jego niespodziewanym powrocie do kraju. W cieniu wiązu zastali sześć ławek ustawionych w dwa trójkąty.

– Zajmiemy te trzy ławki – Sędzia brodą wskazał wybrany trójkąt.

Siedli tak, jak za czasów szkolnych: na krawędzi ławek ze stopami umieszczonymi na siedziskach. Poczuli się jak w amfiteatrze lub cyrku. Była to prawdziwa frajda. Po kilkunastu minutach luźnej wymiany zdań rozmowa zeszła na temat sytuacji w kraju.

– Co sądzisz o tym, co tutaj zastałeś, Sędzio? Jak ci się podoba? – zapytał jeden z mężczyzn Od początków szkoły zebrani mężczyźni nazywali Orlanda Sędzią.

Sędzia miał swoje przemyślenia i obserwacje, którymi chciał się podzielić z kolegami. Tak się rozgadał, że nawet nie zauważył, kiedy przy pozostałych ławkach zatrzymało się trzech mężczyzn i kobieta. Zastanawiali się nad czymś, potem usiedli i rozpoczęli rozmowę między sobą. Ich twarze pozostawały w półcieniu. Kiedy Sędzia skończył, przyglądał im się przez dłuższą chwilę. Wiatr, poruszając gałęziami wiązu, rozgrywał światłem i cieniem prawdziwy spektakl teatralny. Twarze mężczyzn i ich towarzyszki pokrywały migające cienie, paski i plamy, które nadawały im wygląd Irokezów w barwach wojennych, niebezpiecznych i okrutnych. Sędzia poczuł ciarki na plecach.

Po kilku minutach najwyższy i najchudszy z mężczyzn zbliżył się do grupki Sędziego, mówiąc:

– Przepraszam panów. Nie podsłuchiwaliśmy, ale mimo woli słyszeliśmy fragmenty panów rozmowy, która nie ukrywam, bardzo nas zaciekawiła. Czy możemy się przyłączyć? Też interesujemy się polityką.

Przyjaciele popatrzyli po sobie niezdecydowani. W końcu któryś mruknął niezachęcająco:

– Jak chcecie... Ale właściwie to już kończymy dyskusję.

Nie zniechęciło to przybyłych. Podeszli bliżej i przedstawili się:

– Jestem Chudy – pierwszy przedstawił się mężczyzna o figurze, która mimo woli narzucała się jako oczywisty pseudonim.

Orlando przyglądał się gościom. Oni również dyskretnie go taksowali, kiedy nie patrzył w ich kierunku. Czuł ich wzrok na sobie. Byli młodzi, mniej więcej w tym samym wieku, około dwudziestu kilku lat, z wyjątkiem kobiety, która mogła mieć trzydzieści pięć lat.

Dyskusja w nowym gronie nabrała rumieńców dopiero wtedy, kiedy zeszła na temat rządu i opozycji. Młodzi ludzie okazali się zaangażowani politycznie. Zapalczywie krytykowali rząd i dopatrywali się pozytywnych cech jedynie u największej partii opozycyjnej. Usiłowali przekonać gospodarzy do swoich poglądów. Zrobiło się gorąco i wydawało się, że kłótnia jest nieunikniona. Dziwna to była dyskusja: starsza generacja przeciw młodszej generacji. Do awantury jednak nie doszło. Grupa Chudego zapewne zmęczyła się przekonywaniem, że racja jest po ich stronie, i zaczęli się żegnać.

– Robi się już późno. Pewnie i tak nie przekonamy was do naszych racji. My idziemy własną drogą – podsumował Chudy i nieoczekiwanie zwrócił się do Sędziego: – W polityce nie stoi pan po stronie sprawiedliwości. To błąd, którego może pan pożałować – dodał miękkim głosem, który Sędziemu wydał się łagodny tylko z pozoru. Doszedł do wniosku, że facet jest toksyczny.

Chudy dał dyskretny sygnał swojemu towarzystwu, że czas iść.

Aha, to on tutaj rządzi, z zainteresowaniem zaobserwował Sędzia i głośno dodał:

– Nie zależy nam na przekonywaniu was do czegokolwiek. Macie wyjątkowo radykalne poglądy. Nie wszystkim przypadają one do gustu.

Chudy nic nie odpowiedział, tylko obdarzył go długim, uważnym spojrzeniem. Nie było w nim uśmiechu, jedynie chłód zimnych oczu i milczenie.

Patrzy, jakby chciał mnie zapamiętać. Albo powiedzieć: nie bądź taki mądry, jeszcze się okaże, kto ma rację. Sędzia nie miał wątpliwości, co do trafności swojej obserwacji. Czuł to przez skórę.

❖

Robiło się już ciemno, kiedy przyjaciele zdecydowali się rozejść. Orlando udał się w kierunku najbliższego przystanku autobusowego. Nie miał jeszcze samochodu. Nie zdążył nawet zajrzeć do Internetu ani zadzwonić do któregoś z dystrybutorów samochodów. Kolega zaproponował, że go podwiezie, ale odmówił. Chciał się jeszcze przespacerować. Przechodził obok stawu parkowego, w którym w ciągu dnia dzieci karmiły wielkie, leniwe karpie, gdy nagle otoczyli go ludzie w kapturach. Nie widział twarzy, lecz od razu ich rozpoznał. Poczuł gęsią skórkę na ciele i mrowienie pleców, a w ustach zrobiło mu się sucho. Czuł, że to spotkanie może się źle skończyć.

Chudy nie owijał słów w bawełnę. Natychmiast przystąpił do konfrontacji, na którą już wcześniej miał chęć:

– Ty sukinsynu! Nie będę ci ponownie tłumaczyć, co znaczy prawdziwy patriotyzm, boś baran. I tak nic nie zrozumiesz! – nienawiść mieszała się w nim z wulgarnością.

Orlando rozpaczliwie zastanawiał się, jak wybrnąć z niepewnej, idiotycznie niebezpiecznej sytuacji. Uznał, że nie ma szans na pokojowe rozwiązanie, tłumaczenie czy rozmowę. Rzucił się do ucieczki, był w dobrej kondycji, wierzył, że ma szansę. Jeden z mężczyzn podstawił mu nogę i uciekający zarył twarzą w ziemię. Nie poczuł nawet bólu. Wtedy zaczęli go kopać, a kobieta dopingowała ich okrzykami:

– Dołóżcie mu! Nie żałujcie butów!

Sędzia zaczął wołać o pomoc, co jeszcze bardziej rozwścieczyło napastników.

– Ty gnido! – krzyczał Chudy. – Nie bądź taki mądry. Tu nikt cię nie usłyszy, a nawet jeśli, to ze strachu i tak nie przyjdzie.

– O co wam chodzi? – zapytał. Miał nadzieję, że może uda mu się coś wynegocjować.

– O ciebie, kretynie! Myślisz, że jak umiesz ładnie mówić, to wszystko? Trzeba jeszcze mieć rację. Przez takich jak ty mamy teraz rząd złodziei, oszustów i zdrajców! Śmierdzisz liberałem na odległość. Wytłumaczymy ci twoją głupotę. Przestaniesz głosić swoje poglądy, ty dewiancie polityczny! Wybijemy ci je ze łba!

Kopniaki wymierzano systematycznie i precyzyjnie, aby zadać jak najwięcej bólu. Wyglądało to jak ćwiczenie opanowane do perfekcji przez regularne powtarzanie. Orlando skulił się i zakrył twarz rękami. Leżąc na brzuchu, czuł na ustach oraz języku zapach i szorstkość wilgotnej ziemi, a także ból, strach i nienawiść. Nie rozumiał, dlaczego go napadnięto ani dlaczego jego poglądy polityczne wywołały taką reakcję. Jemu nie przeszkadzało, że dyskutanci, którzy okazali się zwykłymi bandytami, mają inne poglądy. Pod wpływem mocniejszego kopnięcia poczuł palący ból w szyi. Zaczął się modlić, aby ktoś nadszedł drogą nad stawem. Nie było jednak nikogo. Wydawało mu się, że traci przytomność. Przestał się ruszać i cokolwiek odczuwać. Wtedy przywódca bandy dał swoim ludziom znak zakończenia. Głos Chudego dochodził do niego z daleka:

– Teraz już wiesz, gnido, co to znaczy mieszać się w politykę. Zapamiętaj dobrze tę lekcję, bo następna będzie bardziej bolesna. To samo cię spotka, jeśli doniesiesz na nas policji. Nic się tu nie wydarzyło. Wbij to sobie do łba – wysyczał.

◆

Orlando podniósł się powoli z ziemi. Odczuwał ból w każdej cząstce ciała, szczególnie szyi i nogach. Powoli doszedł na brzeg stawu i przejrzał się w ciemniejącej wodzie. Zobaczył tylko niewyraźne odbicie twarzy. Dotknął jej w kilku miejscach.

– To chyba krew, pot i ziemia – doszedł do wniosku. – Nieźle mnie urządzili. Wszystko mnie boli, ale chyba nie mam nic złamanego. Sukinsyny! Pieprzeni fachowcy od bicia za poglądy!

Obmył się i ruszył w drogę do domu. Na szczęście zapadł już zmierzch i jego wygląd nie rzucał się zbytnio w oczy. Z trudem się poruszał. W pewnym momencie zaniemógł, zbierało mu się na wymioty. Poprosił o pomoc przechodzącą parę małżeńską w średnim wieku, a potem samotnego mężczyznę. Żadne z nich nie wyraziło takiej chęci. Zaniepokojeni rozglądali się niepewnie wokół. Zrozumiał. Bali się.

Po przejściu kilku przecznic zauważył, że jest śledzony.

Aha, pewnie chcą sprawdzić, czy nie idę na posterunek policji, pomyślał. Taki głupi to nie jestem. Ominął posterunek i dopiero gdy był pewien, że nikt go już nie śledzi, wrócił. Uznał, że jego stan i wygląd będą najlepszymi dowodami w zeznaniach. Nie puszczę tym wszarzom płazem pobicia! Był zdecydowany dochodzić sprawiedliwości.

❖

Przesłuchujący go policjant miał rangę sierżanta. Najpierw zanotował dane osobowe, zapisał odpowiedzi, a następnie przystąpił do szczegółowego przesłuchania. Opis okoliczności i przebiegu zajścia nie nastręczał trudności, chodziło o oczywiste fakty.

– Czy są świadkowie zdarzenia?

– Nie. Chyba nie... Obawiam się, że nikt tego nie widział. Wołałem o pomoc, kiedy myślałem, że już mnie wykończą, ale ten cały Chudy ostrzegł, że nawet gdyby ktoś słyszał, to i tak nic nie zrobi. Być może ktoś widział, ale się nie ujawnił. Ja nikogo nie widziałem.

– To niedobrze... Oczywiście będziemy musieli sprawdzić, czy ktoś nie znajdował się przypadkiem w pobliżu, ale szanse odnalezienia takiej osoby są prawdopodobnie niewielkie. Szkoda. Nawet gdybyśmy ich ujęli, to musimy im jeszcze udowodnić napad i pobicie. Zapewne się wyprą. Pańskim oskarżeniom przeciwstawią własne zeznania, twierdząc, że w czasie kiedy pana pobito, oni byli gdzie indziej. Niewykluczone, że zatarli już ślady. Wzajemnie będą sobie zapewniać alibi. Tak to najczęściej wygląda. Czy wszedł pan w kontakt cielesny z którymś z napastników?

Sędzia spojrzał pytająco. Widząc to, policjant zaczął tłumaczyć:

– Na przykład, gdyby broniąc się zadrapał pan któregoś z nich, moglibyśmy mieć do zbadania próbkę materiału DNA. To dobry materiał dowodowy w sądzie.

Sędzia zastanowił się i przecząco pokręcił głową.

– Miałem kontakt tylko z ich butami. Przykre, ale prawdziwe. To wszystko. – Rozejrzał się po małym pokoju przesłuchań, szarym i trochę zagraconym. Widok nie poprawił jego samopoczucia.

– Wygląda to na sprawę raczej przegraną. Brak świadków! Sędzia opuścił głowę w geście rezygnacji.

– Brak świadków... – powtórzył i apatycznie spojrzał na policjanta, który w milczeniu podsunął mu zeznanie do podpisania. Sędzia, nie czytając, podpisał. – Czy ktoś mógłby mnie odwieźć do domu? To niedaleko stąd. Nie czuję się zbyt dobrze.

– Najpierw zawieziemy pana na pogotowie. Powinien pana obejrzeć lekarz. Musi zbadać obrażenia i ustalić, czy nic nie zagraża pańskiemu zdrowiu.

– Nie pojadę na pogotowie. Nie ma potrzeby. Nie ma mowy! – zdecydowany głos poszkodowanego nie budził wątpliwości, że nie uda się dobrowolnie na badania. – Jutro rano pojadę do szpitala. To niedaleko ode mnie. W mojej sytuacji nic się nie zmieni, obrażenia pozostaną takie, jakie są. Umyję się tylko.

Sierżant zastanawiał się nad czymś. Popatrzył uważnie na klienta, który odczytał jego spojrzenie na swój sposób, zastrzegając się:

– Jeśli mieliby sprawdzać, czy jestem pijany, to wolałbym, aby pan to zrobił teraz. Na pewno możecie to wykonać.

Policjant pomedytował chwilę, zadzwonił gdzieś, a następnie odszedł, nic nie mówiąc. Po chwili wrócił z alkomatem. Pomiar nie wykazał śladów alkoholu we krwi.

– Odwiozę pana do domu – zdecydował. – O tej porze już kończę służbę.

Przez kilkanaście minut wspólnej jazdy mężczyźni zajęci byli rozmową.

– Czy śledztwo przeciw tym draniom zostanie szybko podjęte? – dopytywał się Orlando.

– To nie takie proste, choć sprawa wydaje się oczywista. Najpierw mój szef zapozna się z pańskim zeznaniem i wynikami badań lekarskich, a potem ustali, kto i kiedy się tym zajmie. Rzecz w tym, że jest pan koleją ofiarą bandyckiego napadu, którego motywy są niejasne. Ponadto mamy mnóstwo pracy. Nie nadążamy.

– Jak to „niejasne"? Niejasne motywy? Co to znaczy?

– Pobicie drugiego człowieka ze względu na inne poglądy polityczne to rzadkie wydarzenie. Oczywiście, jeśli ludzie są trzeźwi. To nie są zwykli chuligani, jak agresywni kibole na stadionie. Ci, którzy pana pobili, zachowywali się prawie jak bojówkarze organizacji faszystowskiej. Chyba nie uznają demokratycznie wybranej władzy, a z pewnością nie tolerują odmiennych poglądów – sierżant rzeczowo wyłuszczał argumenty, nie odrywając wzroku od drogi.

– Czy dużo macie takich spraw?

– W sumie nie tak dużo, ale ostatnio coraz więcej.

– Czyli nie jestem pierwszym ani zapewne ostatnim, któremu się to przydarzyło.

– Na to wygląda – sierżant pokiwał głową.

– To dlaczego nikt o tym nie pisze ani nie mówi?

– Piszą i mówią, ale ci którzy to robią, idą na pierwszy ogień. Przepraszam, źle to określiłem. Mam na myśli, że oni pierwsi dostają pogróżki, ktoś podpala im samochody, były także pobicia. I to poważniejsze, niż pańskie. Media stały się wstrzemięźliwe i ostrożne. Dziennikarze i reporterzy też odczuwają strach, żądają ochrony osobistej. A gdzie są na to środki i ochroniarze? Nie ma też prawa, które dokładnie definiowałoby, kiedy ludziom należy się ochrona z urzędu.

– Ale kto to robi? Kim są ci napastnicy?

– To trudne pytanie. Ci ludzie są bardzo ostrożni. Wydają się być dobrze przeszkoleni lub starannie wyselekcjonowani. Być może należą do jakiejś organizacji. Milczą, nawet jeśli udowodnimy komuś aktywny udział w rozboju.

Łączą w sobie dwie cechy: agresję i poglądy polityczne. Nie podobają im się ludzie, którzy mówią dobrze o aktualnej władzy: premierze, rządzie, prezydencie. Najbardziej nie odpowiada im rząd. Uważają, że jest niekompetentny i skorumpowany, że dba tylko o siebie i najbogatszych.

– Ma pan rację. Przypomniałem sobie słowa chudego palanta.

Policjant spojrzał pytająco na Sędziego.

– Niech pan się nie dziwi – zareagował wyjaśnieniem. – Używam słowa „palant", ponieważ ten cały Chudy sam mnie tak nazwał. Bardzo mi się to nie podobało. To on właśnie powiedział: „Ten twój premier Słabosilny to prawdziwy sukinsyn. Nic nie robi dla kraju. Złodziej, kłamca i oszust".

W samochodzie zapadło milczenie. Sierżant myślał o tym, że atmosfera społeczna jest faktycznie bardzo napięta i z dnia na dzień się pogarsza. Ludzie stawali się coraz bardziej ostrożni w wyrażaniu poglądów politycznych, mówieniu, jaka partia jest im najbliższa lub kogo będą popierać w wyborach. W tej ostrożności było coś brudnego i dwuznacznego jak gęsta, lepka mgła, która pojawia się znikąd i nie wiadomo, co w sobie kryje.

– To nie może potrwać długo. Ktoś musi zaprowadzić porządek. – Policjant czekał na zmiany podobnie jak i inni ludzie. Nie wiadomo było tylko kto, kiedy i jak miałby to zrobić.

◆

W windzie o nieskazitelnie błyszczących, metalowych ścianach Sędzia poczuł w końcu, że w parku stał się nieczysty. Nie tylko pod względem fizycznym, ale i psychicznym. Wzburzone myśli kotłowały mu się w głowie.

– Jestem głupi i nędzny. Jestem Hindusem z najniższej kasty społecznej – mamrotał do siebie niezrozumiale. – Jestem nikim. Ty też możesz mnie kopnąć! – Ni z tego, ni z owego zaczął machać rękami, jakby opędzając się od niewidzialnych ludzi lub duchów. Z trudem dotarł do mieszkania. Dłonie i kolana miał podrapane do krwi, wszystko go bolało. Drzwi otworzyła mu siostra, która na kilka dni zatrzymała się w jego wynajętym lokum.

– Jezus Maria! Orlando, jak ty wyglądasz? – zapytała wstrząśnięta. – Kto cię tak urządził? Pewnie zadałeś się ze swoimi dawnymi koleżkami, tymi pijanicami! Skąd oni biorą pieniądze na alkohol? – dopytywała się.

Wytłumaczył jej, że poszło o coś zupełnie innego. Kiedy do Marii dotarło, co się stało, umocniła się w przekonaniu, że musi pilnować brata. Nie wiedziała tylko, jak to zrobić. Poczuła się bezradna i przygnębiona.

2

Zaproszeni goście nie mieli pojęcia, czego naprawdę dotyczyć będzie narada u prezydenta i jak długo potrwa. Wezwano ich w trybie pilnym bez bliższych wyjaśnień.

– Dowiecie się państwo na miejscu. Mogę tylko powiedzieć, że to bardzo ważne i poufne spotkanie. Nie mogę nic więcej ujawnić – asystentka prezydenta mówiła przytłumionym głosem, jakby bała się, aby jej nie podsłuchano.

Na spotkanie oprócz premiera zaproszeni zostali marszałkowie izby wyższej i niższej parlamentu, minister spraw wewnętrznych, minister spraw zagranicznych oraz minister sportu. Obecny miał być także doradca polityczny prezydenta i kilku innych oficjeli.

Prezydent spóźnił się prawie kwadrans. Było to co najmniej dziwne, gdyż zawsze starał się być punktualnym i cenił to także u innych. Kiedy wchodził do gabinetu, wszyscy siedzieli jak na rozgrzanych węglach. Premier był nawet zdecydowany opuścić Pałac Prezydencki, nie czekając ani chwili dłużej.

Wydatny brzuch i krótkie, pałąkowate nogi głowy państwa nie tworzyły najlepszego wrażenia. Nie miało to jednak większego znaczenia. Prezydent był popularny. Inne, pozytywne cechy zadecydowały, że człowiek o tak nieatrakcyjnej posturze wybrany został na najwyższy urząd w państwie. Był doskonałym mówcą i wytrawnym graczem politycznym, znanym ze stanowczego charakteru, który przeciwnicy nazywali uporem. Nikt jednak nie kwestionował jego oddania dla kraju. Powszechnie uważano go za patriotę.

Prezydent przywitał się, przeprosił za spóźnienie i zaprosił gości do Małego Gabinetu. Gestem ręki wskazał miejsca w niezbyt wygodnych skórzanych fotelach.

– Przedstawiciel sił zbrojnych nie jest nam potrzebny. Ja jestem wodzem naczelnym – wyjaśnił lakonicznie i uśmiechnął się przy tym dziwnie, jakby chciał zdezorientować obecnych, czy żartuje, czy mówi poważnie. – Przepraszam, że zaprosiłem państwa tak niespodziewanie, ale wymaga tego sytuacja kraju. Dzisiaj otrzymałem raport wskazujący na dalsze pogorszenie się i tak już napiętej atmosfery politycznej. Walka polityczna sprowadzi nasz kraj na manowce. Powiedzmy sobie szczerze: nikt nad tym nie panuje. Ani ja, ani parlament, ani pan, panie premierze.

Premier Słabosilny nie oponował, nie było sensu zaprzeczać prawdzie. W Małym Gabinecie zapadło nerwowe milczenie.

– Coraz gorzej jest też z nadzieją na poprawę sytuacji – kontynuował prezydent. – Społeczeństwo nie ufa politykom. Nie znosi ich. Nie wezwałem jednak państwa, aby przelewać z pustego w próżne i mówić to, o czym wszyscy i tak już wiemy. – Prezydent przebiegł wzrokiem po obecnych. Wyczuł raczej niż zauważył natężoną uwagę i napięcie. Postanowił nie przeciągać spotkania.

– Za kilka dni odbędą się ostatnie przed wyborami parlamentarnymi Sportowe Igrzyska Partii i Organizacji Politycznych. SIPOP to nasza tradycja. Każdy lubi komuś dokopać – zażartował prezydent, licząc na poprawę atmosfery. Zniechęcony brakiem pozytywnej reakcji, szybko wymazał uśmiech z twarzy. Mają poczucie humoru jak mój pies na deszczu, pomyślał. – Proszę panów! Doszły mnie słuchy, że po cichu organizowana jest wielka manifestacja polityczna w czasie igrzysk – prezydent podniósł głos, aby podkreślić wagę wypowiadanych słów. – Nie wiemy jednak, czy to prawda, kto to wymyślił lub kto za tym stoi. Niektórzy przywódcy partyjni pod pozorem rozgrywek sportowych zapewne chętnie fizycznie rozprawiliby się z przeciwnikami. Rozróba na stadionie byłaby ogromną kompromitacją dla władz i całego kraju. Może byłoby to nawet coś gorszego niż kompromitacja.

Nastała chwila milczenia. Nad stołem konferencyjnym zaczęła krążyć mucha; jej uparte brzęczenie stawało się drażniące.

– Przesilenie polityczne jest nieuniknione. Może je wywołać ostra rywalizacja sportowa, która na igrzyskach jest równocześnie wyrazem walki politycznej. Nie jest to niezrozumiałe i nielogiczne. Cieszyłbym się, gdyby rozgrywki pokazały społeczeństwu, które siły polityczne najbardziej zasługują na zaufanie także swą grą i zachowaniem kibiców. Boję się tylko, aby nie doszło do wystąpień chuligańskich i przestępczych.

– Panie prezydencie! Czy igrzyska nie są na tyle niebezpieczne, aby pan ich zakazał? Konstytucja daje panu odpowiednie uprawnienia. Impreza jest też pod pańskim patronatem, co nie jest bez znaczenia – premier Słabosilny pierwszy zabrał głos po przemówieniu głowy państwa.

Propozycja premiera ewidentnie nie przypadła prezydentowi do gustu. Chce, abym za niego i innych wybierał gorące kasztany z ognia, pomyślał. Cwany Leon! Wydaje mu się, że jak jego imię oznacza lwa, to jest nim naprawdę. Obaj Leonowie zaźli mi za skórę: Garolis, z tą swoją nieprzytomną agresywnością i ten tutaj, Słabosilny, ponieważ nie umie go poskromić. Zachowuje się jak facet bez jaj. Po wyładowaniu negatywnych uczuć wobec szefa rządu i przywódcy opozycji prezydent udzielił odpowiedzi.

– Nie mogę zabronić igrzysk w oparciu o pogłoski lub przypuszczenia. Organizatorzy uzyskali już formalną zgodę lokalnych władz. Jak państwo wiecie, igrzyska odbędą się kilkanaście kilometrów poza granicami administracyjnymi stolicy, w Kompleksie Sportowo-Widowiskowym „Albera". To jest jakieś pocieszenie, ponieważ jest to teren zamknięty, łatwiejszy do nadzoru. Myślałem o tym wszystkim i powiedziałem sobie: Nie będę interweniował! Wóz albo przewóz. Są to największe na kontynencie rozgrywki sportowe partii i organizacji politycznych, gdzie uczestnicy spotykają się, aby dokonać konfrontacji swoich sił i umiejętności. W naszym kraju sport ma niezwykle wysoką rangę. Mam nadzieję, że wygrają ci, którzy są lepiej przygotowani i bardziej zdyscyplinowani. Mam już dosyć dwuznaczności, która formacja polityczna bardziej nadaje się do rządzenia krajem. Niechby to się rozstrzygnęło choćby i na stadionie! – Prezydent aż przygryzł dolną wargę niezadowolony z niefortunnie sformułowanej wypowiedzi. Schylił się do doradcy do spraw politycznych i szeptem podzielił swoją obawą: – Moje ostatnie zdanie wypadło co najmniej niezręcznie. Nie sądzisz? Rozstrzyganie sporów politycznych na stadionie?! Co za fatalne sformułowanie!

– Nie uważam, panie prezydencie, aby było to niestosowne. Proszę się nie martwić, nikt nie zwrócił na to uwagi. Ludzie są przyzwyczajeni do takiego myślenia. Polityka i rywalizacja idą ręka w rękę. Jest bez znaczenia, czy to rywalizacja sportowa, czy jakakolwiek inna.

Prezydent odetchnął z ulgą, tym bardziej że nikt nie zamierzał zadawać dalszych pytań. Odebrano jego przekaz jako zupełnie naturalny. Wygranie i przegrywanie wiązały się z polityką. Kto wygrywa na stadionie, wygrywa w wyborach – takie obiegowe powiedzenie krążyło wśród uczestników igrzysk.

Leon Słabosilny nie musiał przekonywać siebie do tej opinii. On ją podzielał. Muszę zdrowo przyłożyć Garolisowi w rozgrywkach, jeśli mam umocnić poparcie społeczeństwa dla mojej partii. Jego rozmyślania przerwał prezydent, który kontynuował swoje wynurzenia.

– Nie jestem jedynym, który przywiązuje wagę do przebiegu igrzysk i ich następstw. Są środowiska społeczne i polityczne, które również przejmują się losem kraju. Mam nadzieję, że sędzią głównym igrzysk będzie ktoś, kto umie radzić sobie z kłopotliwymi sytuacjami na wielkich imprezach sportowych. Różnie z tym bywało w przeszłości. Komitet organizacyjny igrzysk będzie informować nas o szczegółach. To już za dwa tygodnie. Uczestnikom sugeruję przygotować się do rozgrywek szczególnie starannie.

❖

Wychodząc z Pałacu Prezydenckiego, premier Słabosilny podzielił się swoimi odczuciami i wątpliwościami z towarzyszącymi mu ministrami, do których miał pełne zaufanie.

– Nie sądzicie, że ostatni fragment wypowiedzi prezydenta zabrzmiał ostrzegawczo? Co ten szczwany lis z wielkim brzuchem miał na myśli? W ogóle to całe spotkanie było dla mnie niejasne. On gra jakąś dwuznaczną rolę. Mówił tak, jakby chciał, abyśmy dokonali na igrzyskach konfrontacji z Garolisem i opozycją w celu pokazania społeczeństwu, kto bardziej zasługuje na zaufanie w najbliższych wyborach parlamentarnych. Prezydent zachował się jak Piłat, który umywa ręce i obarcza nas odpowiedzialnością za to, co stanie się w trakcie igrzysk.

– Wiesz co, Leon? To wszystko wygląda może i nonsensownie na pierwszy rzut oka, ale nie jest takie głupie. Musimy się nad tym porządnie zastanowić w swoim gronie

i stworzyć plan gry. Nie pod orkiestrę prezydenta czy Garolisa, ale naszą własną. Z muzyką skomponowaną i odtańczo-
ną przez nas samych. Myślę, że to, co zaproponuję, ma ręce
i nogi. – Minister spraw wewnętrznych zatrzymał się. Wraz
z nim stanęli pozostali członkowie rządu, aby wysłuchać
propozycji. Widocznie pomysł przypadł im do gustu, gdyż
spojrzeli po sobie, skinęli głowami na znak zrozumienia
oraz aprobaty i podali sobie ręce na krzyż. Osiem dłoni
splotło się w uścisku przymierza, którego celem było zwycięstwo nad Garolisem i jego partią.

3

Rozmowa trwała już kilka minut, a Sędzia nadal był zdezorientowany, o co dokładnie chodzi oficerowi śledczemu.

– Przepraszam, nie za bardzo rozumiem, czy pan dzwo-
ni do mnie, aby się czegoś jeszcze dowiedzieć o człowieku, który mnie pobił, czy też chce mi pan przekazać jakieś
wiadomości w sprawie wyników śledztwa.

– I jedno, i drugie, panie sędzio. Poczyniliśmy pewne
postępy w śledztwie. Może to zabrzmi dziwnie, ale mamy
aż trzech podejrzanych i każdy z nich nosi pseudonim Chudy i odpowiada opisowi sporządzonemu na podstawie pańskiego zeznania. Chudy to popularny pseudonim. To dla
nas problem. Potrzebujemy dodatkowych informacji, aby
ostatecznie ustalić tego prawdziwego Chudego. Czy pan
może nam w tym pomóc?

– Chciałbym, ale jak? – Sędzia śpieszył się i nie miał
ochoty przedłużać rozmowy. – Mam mało czasu, ale chętnie pomogę.

– Dobrze, będę się streszczać. Mam pytanie: czy przy-
pomina sobie pan może jakieś dodatkowe szczegóły zdarzenia, na przykład dotyczące ubioru, rysów twarzy, oczu,
zachowania czy tonu głosu Chudego lub któregoś z jego

kumpli lub tej kobiety? Cokolwiek, co by nam pomogło. Może jakiś znak szczególny, sposób poruszania się, słownictwo? Może zapamiętał pan jakieś imiona lub pseudonimy? Zaległo milczenie. Sędzia zastanawiał się, czy coś jeszcze pozostało mu w pamięci.

– Nie wiem, co mógłbym dodać... Nie przypominam sobie nic ponad to, co podałem w zeznaniu na posterunku. Wysoki, chudy, kaptur na głowie, gęste czarne włosy, lekko śniada karnacja. Oczy? Nie mam najmniejszego pojęcia. Ubranie? Chyba sportowy dres, ale teraz nawet tego nie byłbym pewien.

– Doskonale – głos w telefonie zabrzmiał entuzjastycznie. – Przedtem nie wspominał pan o gęstej, czarnej czuprynie. W pańskim opisie były tylko „ciemne włosy". Śniada karnacja to także znaczący szczegół. Te dwa nowe detale wyraźnie wskazują na jednego z trzech podejrzanych. Dziękuję panu.

– Nie ma za co.

– Zastanawiam się, jak to było możliwe, że pierwszy pański opis przestępcy był nieco inny nic obecny. Czy może mi pan to wyjaśnić? – spytał podejrzliwie porucznik.

– Właśnie o tym myślę... Wydaje mi się, że na komisariacie pytano mnie o szczegóły zajścia na drodze, przy stawie, kiedy mnie pobito. Było wtedy dosyć ciemno. Kiedy pan mnie zapytał o detale jego wyglądu, przypomniał mi się Chudy w trakcie spotkania pod wielkim wiązem. Było wtedy słonecznie i widziałem dokładnie jego czarne, gęste włosy i cerę. Czy to wyjaśnia pańskie wątpliwości?

– Całkowicie. Dzięki za pomoc.

– Zaraz, zaraz... Może mi pan powie, co już ustaliliście. Jestem bardzo ciekaw.

– Nie za bardzo mogę wtajemniczać w szczegóły śledztwa, które jest w toku, ale co nieco mogę powiedzieć. Może to też panu o czymś przypomni. Chudy to syn imigranta, Turka kurdyjskiego pochodzenia, który przyjechał do Polski i ożenił się. To człowiek o poglądach nacjonalistycznych i radykalnych. Uważa siebie za patriotę i jest przeciwnikiem obecnego rządu i partii rządzącej. Prowadzi aktywny tryb życia, rzadko zagrzeje gdzieś dłużej miejsca. Trudno nawet ustalić miejsce jego stałego pobytu, bo nie jest nigdzie zameldowany. Wiemy, że ma rodzinę w Niemczech i tam często przebywa. Ma opinię człowieka niebezpiecznego i niezrównoważonego, ale ostrożnego i przebiegłego. To, że pana pobito w odludnym miejscu, mało uczęszczanym, potwierdzałoby, że jesteśmy na dobrym tropie.

– Dziękuję za informacje.

– Nie ma za co. W razie potrzeby proszę kontaktować się ze mną telefonicznie. Ma pan mój numer telefonu. Przy okazji, czy nikt nie włamywał się do pańskiego mieszkania, śledził pana lub zrobił coś, co wydało się panu podejrzane lub dziwne? Żadnych śladów, niczego podejrzanego?

– Kto i po co miałby to robić? Chudy? W jakim celu? – dopytywał się Sędzia.

– Pytam, bo diabeł nie śpi. Chodzi nie tylko o pańskie bezpieczeństwo, ale także o pana jako świadka w sądzie. Będzie pan zeznawać przeciwko tym ludziom.

– Oczywiście, już to mówiłem. Składanie zeznań nie jest moim ulubionym zajęciem, ale to zrobię, bo nie znoszę napadów ani pogróżek.

– Cieszy mnie pańska postawa. To dla nas bardzo ważne. Musimy obronić akt oskarżenia w sądzie. To chyba wystarczy na dzisiaj. I tak dużo ustaliliśmy. Dziękuję i życzę powodzenia.

4

– To już dzisiaj – przypomniał sobie premier i wstał zza biurka, aby rozprostować nogi i przygotować się do największej imprezy sportowej roku. Był pewien zwycięstwa, ale odczuwał niepokój.

Pomyślał o nowym regulaminie rozgrywek. Wszyscy byli z niego zadowoleni, uczestnicy, kibice, szeroka publiczność. Stwarzał on znacznie większe pole popisu dla wszystkich uczestników. Każda partia polityczna wybierała jedną dyscyplinę sportu, która jej najbardziej odpowiadała, w której był najmocniejsza. Drugą dyscyplinę wybierał przeciwnik. Tego roku Partia Ewolucjonistów wybrała piłkę nożną, a Partia Nowych Kreacjonistów, jedyny poważny przeciwnik, wybrała polo. Była to decyzja Garolisa, który kiedyś zawodowo grał w polo. Konie były jego pasją.

– To dziwny sport, mało popularny, w którym oprócz ludzi grają także konie. Nie dziwię się, że to wybrał. Kiedy jest w siodle, wygląda jak przyrośnięty do konia. Trzeba przyznać, że dobry jest w tej grze – premier niechętnie ocenił atuty przeciwnika, z którym miał się zmierzyć tym razem nie na sali parlamentarnej, ale na boisku.

Myślał z zadowoleniem o regulaminie. Przypominały mu się czasy, kiedy dyscypliny losowano. Poprzedniego roku jego partia przegrała obydwie konkurencje, które niefortunnie wylosowała, nie zdobyła ani jednego punktu i nie awansowała dalej.

– W tym roku będzie inaczej – zapewniał sam siebie Słabosilny. – Wybrałem piłkę nożną i jestem spokojny. Ćwiczyliśmy solidnie, wiem, na co nas stać. Z grą w polo będzie jednak dużo trudniej. Martwię się o ten mecz. To nie jest nasza dyscyplina.

Premier nie był zawodnikiem drużyny polo, nigdy nie siedział nawet w siodle. Powtarzał, że zna się na polo, jak Manemunes na gęsich jajach. Garolis był inny, bardziej ambitny i zamierzał wystąpić zarówno jako kapitan drużyny piłki nożnej, jak i drużyny polo.

– Chyba na łeb upadł. Na koniu to on jest dobry, ale grać w piłkę nożną? – Premiera dziwiła, a zarazem śmieszyła gotowość przywódcy partii do publicznego obnażenia swojej niekompetencji. – Nie wiedziałem nawet, że on umie kopnąć piłkę. Podobno jest ciężki i zbyt powolny, rusza się jak mucha w smole. – Z uśmiechem satysfakcji zakończył przedmeczowe rozważania, przystępując do przeglądu szafy ze sprzętem sportowym. Sport był dla niego czymś więcej niż tylko rozrywką. Cenił sobie profesjonalizm.

Leon Słabosilny założył krótkie spodenki, ochraniacze na kolana i łydki, a przez głowę naciągnął koszulkę. Zastanawiał się nad czymś przez chwilę, po czym machnął ręką. Przypomniał sobie, że korki piłkarskie z kolekcji Mercurial Victory ma w bagażniku samochodu.

– Założę je dopiero przed wyjściem na murawę – postanowił.

Podszedł do lustra i ocenił swój wygląd. Podobała mu się własna sylwetka: emanowała determinacją i duchem walki. Miał o co walczyć, był przecież premierem rządu.

– Walczyć, ale fair, a nie bezpardonowo i bez zasad, jak ten platfusowaty kołek, kreator oskarżeń i fałszywej rzeczywistości – mruknął do siebie. Nie miał nawet chęci wymawiać nazwiska Garolisa. Nie było zresztą potrzeby. I tak wszyscy wiedzieli, o kogo chodzi. Były tylko dwie znaczące postacie igrzysk, dwóch rozgrywających, on i Garolis. Reszta to płotki, drobiazg bez znaczenia. Premier był przeświadczony o swojej wyjątkowej roli.

Rozmyślania przerwał dzwonek telefonu komórkowego, którego numer znali tylko najbardziej zaufani współpracownicy i żona. Odbiorca słuchał uważnie przez kilkadziesiąt sekund, aż w końcu sam się odezwał:

– Nie zapomnijcie tylko zabrać narzędzi i wszystkiego starannie przygotować. Kończę, bo nie mam już czasu. Do szybkiego zobaczenia. Nara! – niedbale rzucił do mikrofonu, aby zademonstrować, jak bardzo był na luzie.

Wychodząc z gabinetu, był zdecydowany zadać przeciwnikowi druzgocący cios. Plany, myśli i ostre słowa zostawiał dla siebie, odkładał je na bok. Publicznie zamierzał demonstrować wyłącznie spokój i opanowanie. Był oględny w słowach.

– Chyba dlatego większość ludzi uznaje mnie za człowieka zrównoważonego i spokojnego. Ale to nie będzie trwało wiecznie – doszedł do wniosku, wsiadając do samochodu, który czekał na niego przy krawężniku.

❖

Na drugim końcu rozległego budynku parlamentu do rozgrywek przygotowywał się Leon Garolis – przewodniczący Partii Nowych Kreacjonistów, najostrzejszy krytyk partii rządzącej.

– Partia Ewolucjonistów! Pieprzone ekskrementy! – z gniewem wymawiał słowa, kiedy myślał o Słabosilnym i jego partii. Nie znosił jego i jego buty, kłamstw, nieudolności, a przede wszystkim ostatniej wygranej. Kiedyś sam był wygranym, ale nie trwało to długo. Dwa lata.

– To tylko nędzne pół kadencji. Dobre i to – pocieszył się. Jego partia otrzymała wtedy największą ilość głosów. Była najlepsza.

Chętnie utopiłbym tego gnoja w kałuży brudnej wody, gdybym tylko wiedział, że mnie nie złapią. Nie była to myśl, którą dzieliłby się z kimkolwiek. Jego ludzie oraz przyjaciele i tak o tym wiedzieli. Podzielali jego uczucia. Cieszyło go to, ponieważ jednoczyło kierownictwo partii. Ale jak zdobyć poparcie większości społeczeństwa? Pytanie to nieprzerwanie przewalało się w jego myślach jak worek z wartościowymi starociami, z którymi nie za bardzo wiadomo, co zrobić. Rozmawiał sam ze sobą. Nie idzie nam zbyt dobrze. Może dlatego, że nie mamy jeszcze dobrego programu politycznego, tylko dobre hasła?

Cisza i wystrój gabinetu ułatwiały myślenie i koncentrację. Było to duże pomieszczenie podzielone na dwie części: pierwsza z nich – oficjalna – mieściła masywne stylowe biurko, dopasowane do niego wyściełane krzesło, poza tym barek, mały stolik na kawę oraz trzy fotele dla gości. Obok, za drzwiami w głębi gabinetu, ukryta była salka sportowa. Odgrywała ważną rolę w budowaniu dobrego samopoczucia i wizerunku przywódcy Nowych Kreacjonistów. W głębi serca Garolis nigdy nie pogodził się ze swoim wzrostem, choć usiłował wyperswadować to sobie przez wiele lat. Sto sześćdziesiąt jeden centymetrów wzrostu to nie fortuna, ale też nic takiego. Są ludzie niżsi ode mnie – uspokajał siebie. Dla ukrycia niskiego wzrostu wożono dlań specjalnie skonstruowaną mównicę z wysuwaną platformą u dołu, osłoniętą po obydwu stronach podwyższonymi ściankami bocznymi.

– Najgorzej, że ostatnio przybrałem na wadze – przypomniał sobie, spoglądając w lustro zainstalowane na bocznej ścianie regału.

W oczekiwaniu na wybory parlamentarne postawił sobie cel: stracić wagę i „urosnąć" o dwa centymetry. W skrytości przed wszystkimi, nawet przed najbliższymi współpracownikami, Garolis wieszał się na podgiętych kolanach na drążku gimnastycznym głową w dół z rękami obciążonymi dwukilogramowymi ciężarkami. Spędzał w tej pozie kilka minut każdego dnia, rozciągając kręgosłup. Regularnie mierzył i notował swój wzrost. Po roku ćwiczeń z wielką satysfakcją stwierdził, że jest o półtora centymetra wyższy. Wprawdzie tylko nieliczni zauważyli tę zmianę, jednakże on sam czuł się o niebo lepiej.

Część historyczna gabinetu była najbliższa sercu właściciela. Trzy duże obrazy olejne oprawione w bogate złote ramy zdobiły krótszą ścianę. Jeden przedstawiał marszałka Anzelma Garolisa, stryja Leona, zmarłego w dziwnych okolicznościach, drugi natomiast ciotkę Karolinę, wybitną działaczkę polityczną. Złośliwi nazywali ją „matką wszystkich rewolucjonistów", przypisując jej udział w ruchach wyzwoleńczych, począwszy od wojny domowej w Hiszpanii, przez rewolucję kubańską Fidela Castro, walki prowadzone w Boliwii przez Armię Wyzwolenia Narodowego

Che Guevary, aż do partyzanckiego „Ruchu 19 Kwietnia" w Kolumbii. Tego rodzaju żarty drażniły Garolisa, gdyż nieżyjący już stryj i ciotka stanowili dla niego najcenniejszą tradycję rodzinną. Kiedy niewinnie żartowano lub mówiono o nich bez należnego, jego zdaniem, uznania, przywódca Nowych Kreacjonistów przybierał zbolały wyraz twarzy lub uśmiechał się półgębkiem jak przy trumnie osobistego wroga.

Kiedyś zapytano go, dlaczego stryj-marszałek zamiast stać na portrecie, jak to było w zwyczaju, leży na otomance w pozie przypominającej tycjanowską Wenus z Urbino, ubrany tylko w koszulę i spodnie generalskie z lampasami. Mógł sobie pozwolić na leżenie, ponieważ był już w stanie spoczynku – wyjaśniał Garolis z poważną miną. Nie było jednak wiadomo, czy mówił poważnie, czy też żartował. Co do spodni, to oczywiście należały mu się spodnie marszałkowskie, ale takich jeszcze nie produkowano. Marszałkowie to niezwykle rzadki gatunek wojskowych – dodawał z dumą. Jego poczucie żartu było enigmatyczne.

W części oficjalnej, zwanej też urzędową, usytuowanej na lewo od wejścia do gabinetu, ściany zajęte były przez regały wykonane z egzotycznego drewna i wykończone lakierem bordo eksponującym oryginalne wzory słojów. Właściciel gabinetu chętnie popisywał się wiedzą i wyróżniał osoby, które dostrzegały w nim erudytę albo przywódcę. Obraz przywódcy i człowieka wykształconego potwierdzały i umacniały rozłożone na regałach i stolikach bogato ilustrowane książki, encyklopedie, atlasy, przeważnie w dużym formacie, polskie i obcojęzyczne. Biblioteka gabinetowa emitowała łagodny słodkawy zapach przypominający bibliotekę klasztorną w greckich Meteorach, położoną na niebotycznych skałach nagrzanych słońcem. Był to efekt odpowiedniej temperatury i niskiej wilgotności wspomaganych zapachem środków konserwacji skóry, mebli i podłogi z naturalnego drewna.

Słabość Garolisa do książek i pochwał rodziła cmokierów i wazeliniarzy. Bardziej niezależni członkowie partii, proponujący zamiast uznania wobec przywódcy merytoryczną dyskusję na temat jej przyszłości lub stylu zarządzania, skazywali się na wypisanie z jej szeregów „na własne życzenie".

Garolis porzucił automatyczne myśli, wracając do igrzysk. Z szafy wyjął duży karton ze strojem do gry w polo. Ubrał nowiutką koszulkę i spodnie do konnej jazdy, a następnie wysokie buty marki Casablanca z zamkiem błyskawicznym z przodu. Niemało kosztowały – przypomniał sobie. Pamiętał ich cenę: 570 funtów szterlingów. Rękawice firmy Ona wrzucił do torby razem z nakolannikami. Wszystkie akcesoria nabyte w specjalistycznym sklepie „Uberpolo" w Londynie były doskonałej jakości i w nowym stroju poczuł się jak odnowiony.

W piłkę nożną to chyba przerżniemy. To dyscyplina wybrana przez Ewolucjonistów, bo są w niej najlepsi. Ten Słabosilny pajac nic nie robi, tylko tłucze piłkę godzinami jak małolat na wakacjach. Ale i tak będziemy z nimi walczyć do końca. Polo to mój wybór i tutaj są bez szans – ostatnie słowa Garolis wypowiedział na głos, wiedząc, że ochroniarz za drzwiami gabinetu i tak go nie słyszy.

Nagle coś sobie przypomniał. Przerwał ubieranie, sięgnął do szuflady biurka i wyjął z niej rewolwer. Spojrzał na niego i uśmiechnął się. Sprawdził zawartość magazynka i sięgnął po dodatkowy.

Nie wiadomo, co może się zdarzyć na takiej imprezie. Już raz próbowali mnie wykończyć. Tym razem będę przygotowany, stwierdził uspokajająco.

Po włożeniu stroju sportowego prezes zaczął wciskać do wielkiej torby obły przedmiot o dużych gabarytach. Mocował się z nim, przeklinając. Mógł pakowanie zlecić pracownikowi lub ochroniarzowi, ale wolał to zrobić osobiście. Nie należał do ludzi łatwo obdarzających innych zaufaniem.

– To przyda się później – mruknął z zadowoleniem, kiedy wreszcie udało mu się pokonać oporny materiał. Za chwilę jednak zmienił zdanie i wyjął z torby metalowy napierśnik rycerski, tajemniczy przedmiot, z którym wcześniej się mocował. – To lepsze niż kamizelka kuloodporna – mruknął z uznaniem i zaczął zapinać rzemyki. Był zadowolony z ubioru. Napierśnik wydawał mu się skuteczniejszą ochroną zarówno w trakcie gry, jak i w przypadku potencjalnego zamachu. Taka wizja prześladowała go od lat, rozbudzona tragiczną historią rodzinną oraz chybionym zamachem na jego osobę, kiedy to stracił życie przypadkowy pracownik lokalnego biura Nowych Kreacjonistów.

Polo było jego ulubionym sportem, może dlatego, że był bardzo dobrym jeźdźcem. Na koniu wyglądał równie imponująco, jak nieimponujący był jego wzrost. To była jego pięta achillesowa, słabość, do której nie przyznałby się za żadne skarby świata. „Nie przeszkadza mi to – zwykł mawiać. – Napoleon też był niski, a historia uznała go za geniusza".

Zbliżający się zmierzch zarzucał misterną sieć spokoju. Rozglądając się po gabinecie, czy czegoś nie zapomniał, Garolis wciąż roztrząsał pomysły i sytuacje, analizował i planował.

Walka polityczna stała się wulgarna i prostacka – tak uważało wiele osób. Jak ją ucywilizować? Nikt nie znał na to odpowiedzi, a jego to nie męczyło. Wręcz przeciwnie, czuł się bardzo dobrze w wirze oskarżeń, wątpliwości i niepewności. To był jego styl. Tylko tak mogę wygrać z przeciwnikiem: obudzić powszechną niepewność i niechęć społeczeństwa do rządzących i ich poczynań, pomyślał, zamykając drzwi wyjściowe na trzy solidne zamki. Kwestionować wszystko, co robią. Oskarżać. Obarczać winą – to była jego strategia.

Opuszczając gabinet, nacisnął klamkę i sprawdził, czy dobrze zamknął. Ruszył w kierunku prywatnego parkingu, gdzie czekali na niego ludzie ochrony i zaufani współpracownicy. Zatrzymał się, zanim doszedł do rogu budynku i rozglądnął. Wokół nie było nikogo. Zawahał się. Po chwili zawrócił i jeszcze raz sprawdził, czy drzwi zostały dobrze zamknięte. Inspekcja wypadła pomyślnie. Przywódca Partii Nowych Kreacjonistów odetchnął z ulgą.

Garolis jako mąż stanu miał w sobie coś z Wielkiej Inkwizycji. Będąc człowiekiem nowoczesnym, był równocześnie przeżytkiem, mieszaniną obydwu epok: minionej i współczesnej. Najwięcej było w nim z inkwizytora. Żył duchem prawdy, ale nie tej, którą nazywamy obiektywną, ale prawdy wiary, która płynie z serca. Garolis nie wyczuwał heretyków, on ich kreował, tworzył. Po to, aby kontrastując z nim, mimo woli głosili jego chwałę. Chwałę człowieka poszukującego prawdy.

Jeśli Garolis był inkwizytorem, to Słabosilny był heretykiem. Nigdy o tym nie myślał ani nie uznałby tego za prawdę nawet, gdyby mu to powiedziano. On również wierzył w Boga, ale inaczej. Jego świat był prosty, uporządkowany i przewidywalny, Garolisa zaś płomienny, pełen uczuć, trudny do odgadnięcia, a nawet szalony. Pierwszy z nich wierzył w porządek i postęp, drugi w ojczyznę i prawdę. Reprezentując dwa żywioły, wodę i ogień, obydwaj pragnęli pomagać ludziom. Gdyby spotkali się samotnie na tyle opanowani, by nie skoczyć sobie do gardła, wymieniliby krótkie, lecz wiele mówiące uprzejmości:

Garolis: Oskarżam cię!

Słabosilny: Idź w spokoju, człowieku!

5

Przed domem czekał mężczyzna. Z daleka wydał się Sędziemu znajomy. Był podobny do syna kolegi szkolnego, u którego gościł kilka dni wcześniej. Kiedy zatrzymał się na zjeździe do garażu, zauważył swoją omyłkę. To ktoś obcy, nigdy go nie widziałem, pomyślał.

Nieznajomy podszedł do samochodu z lewej strony i przez szybę pokazał Sędziemu oznakę policyjną. Okrężnym ruchem dłoni poprosił o uchylenie szyby. Przedstawił się:

– Jestem oficerem śledczym. Nazywam się Ka... – słowa zatarły się w warkocie silnika samochodu. – Rozmawialiśmy dwa tygodnie temu przez telefon.

– Proszę powtórzyć mi swoje nazwisko. Nie dosłyszałem.

– Karolak.

– Tak, przypominam sobie teraz. Nazwisko i głos – stwierdził Sędzia zdecydowanie. – Przypuszczam, że chciałby pan ze mną porozmawiać o czymś ważnym.

Policjant odpowiedział skinięciem głowy.

– Niech pan wsiada do samochodu, wjedziemy do garażu.

Mężczyzna rozejrzał się na boki i otworzył drzwi za kierowcą.

– Nie dzwoniłem do pana z ostrożności. Czasem tak postępujemy.

– Skąd pan wiedział, kiedy wrócę?

– Pilnowaliśmy pana. Przyjechałem właśnie w tej sprawie. Lepiej porozmawiajmy w mieszkaniu.

❖

Siedzieli naprzeciw siebie, na końcach długiej otomany. Pokryta skórą koloru kawy z mlekiem wyglądała elegancko na tle innych mebli i była wygodna do siedzenia. Doskonale kontrastowała z podłogą z twardego drewna w kolorze wiśni. Porucznik odruchowo analizował otoczenie szczegół po szczególe, jakby to była scena przestępstwa. Zaśmiał się do siebie: scena przestępstwa. Chyba że Sędzia uprawia tu namiętną miłość.

Podczas gdy Sędzia szykował kawę, gość odpoczywał, ciesząc się wygodą i przyjemnym wystrojem mieszkania. Skóra kanapy musiała być niedawno konserwowana:

zapach wosku mieszał się z perfumowaną wonią kwiatów ułożonych w dwóch wazonach stojących na półce i komodzie. Przyglądał się dużemu obrazowi w bogatych ramach: na pierwszym planie żółknąca trawa, kilka krów i ogromne eukaliptusy, a w głębi góry Grampians w Wiktorii, najmniejszym stanie Australii. Sprawdził to, podnosząc obraz i odczytując naklejkę z tyłu. Kiedy to robił, poczuł nowy nieznany zapach, ale nie miał problemu z jego rozpoznaniem: damskie perfumy. Doszedł do wniosku, że chyba niedawno była w mieszkaniu kobieta. Sugerowały to także dwa duże bukiety kwiatów.

– Oto pańska kawa. – Pan domu wyciągnął rękę z filiżanką w kierunku podręcznego stolika, który chwilę wcześniej przysunął nogą bliżej kanapy.

Policjant wypił ostrożnie jeden łyk, delektując się gorącym napojem. Oblizał wargi z widocznym zadowoleniem.

– Dobra... Bardzo dobra. Dziękuję panu. Mam dosyć niskie ciśnienie i kawa dobrze mi robi. – Popatrzył w oczy gospodarzowi i bez zbędnych wstępów przystąpił do wyjaśnień: – Nasz wspólny „przyjaciel", Chudy, od kilku dni jest w mieście. Nie mam jeszcze nakazu aresztowania – sąd ma go wydać jutro rano. Śledziliśmy go, ale zniknął. Być może zdał sobie sprawę, że chodzimy za nim i urwał się – mówiący przerwał na chwilę, aby napić się kawy. Popatrzył w głąb filiżanki. Sędziemu wydało się, że ocenia, ile jeszcze zostało.

– Proszę się nie martwić, chętnie przygotuję następną kawę. – Sędzia uśmiechnął się jak dziecko chętne do pomocy, lecz adresat nie usłyszał słów lub je zignorował.

– Przyjechałem, aby uczulić pana na obecność tego człowieka. Powinien pan być ostrożny. Możecie się spotkać przypadkiem. Czy uczęszcza pan na imprezy sportowe?

– Tak, ale nie za często. Sport to moja słabość. Nie piję, nie palę, a przecież muszę mieć jakieś wady. Moja żona byłaby rozczarowana, gdybym ich nie miał. Nie jestem już żonaty – dodał wyjaśniająco, zdając sobie sprawę, że czyni niepotrzebne dygresje. Nie lubił swojej podświadomej, dziwnej i upartej chęci przypodobania się ludziom dowcipnymi stwierdzeniami. – Co do sportu, to interesują mnie przede wszystkim piłka nożna, boks i żużel.

– To zrozumiałe – przytaknął śledczy. Poczuł się jak psychoterapeuta usiłujący utrwalić pacjenta w przekonaniu, że jest normalny. – Rzecz w tym, że Chudy również bardzo lubi sport i nie przepuszcza okazji obejrzenia ciekawszego meczu. Oznacza to, że...

– ...że moglibyśmy niechcący się spotkać – dokończył gospodarz. – To nie jest niemożliwe. Gdyby to nastąpiło, co powinienem zrobić?

– Jeśli pan zobaczyłby go pierwszy, to najlepiej byłoby zejść mu z oczu i natychmiast nas zawiadomić. Przypadkowe spotkanie nie powinno być jednak niebezpieczne. Wątpię, aby chciał znowu wejść panu w drogę. Ale nie jestem pewien. Prawdopodobnie dotarło do niego już, kim pan jest i że bywa pan na spotkaniach organizowanych przez Ewolucjonistów. Zbliżają się wybory i mając sporo czasu, postanowił pan zrealizować swój obywatelski obwiązek i głosować. A że lubi pan wiedzieć, na kogo pan głosuje, chodzi pan na te spotkania. Dobrze zgadłem?

Sędzia zaśmiał się głośno. Podobał mu się ten policjant, był bystry i bardziej spontaniczny niż sierżant na posterunku.

– Wszystko to jest prawdą z wyjątkiem zgadywania. Nie zgadł pan, tylko śledziliście mnie. Nie wiem tylko, czy to nie jest nielegalne.

– Bez przesady! Nie śledzimy pana, bo nie jest pan o nic podejrzany – policjanta wyraźnie poirytowało posądzenie o nielegalne śledzenie Sędziego. – Mamy swoich ludzi w różnych środowiskach i nie musimy się specjalnie wysilać, aby wiedzieć, gdzie pan jest i co pan robi.

– To fakt. Sport i sportowcy mają to do siebie, że policja interesuje się nimi częściej – Sędzia uderzył w pojednawczy ton, uznając, że chodzi przecież o jego bezpieczeństwo i dobro śledztwa. – Krewcy kibole, rywalizacja, napakowani energią zawodnicy, ustawiane mecze, czasem środki dopingujące i narkotyki. Wiem coś o tym, bo za granicą uczestniczyłem w naradach z przedstawicielami policji. Porucznik pokiwał ze zrozumieniem głową.

– Tutaj również mamy problemy z imprezami sportowymi na stadionach, na które coraz częściej przenika wielka polityka. To przykre, ale partie dla zdobycia dodatkowych głosów biorą w obronę agresywnych kibiców oskarżanych przez policję o chuligaństwo lub zwykły bandytyzm. W zeszłym roku zanotowano w kraju osiem poważnych przypadków rozruchów na stadionach wywołanych przez ekstremistów politycznych, a nie zwykłych kiboli. Duża część społeczeństwa jest rozczarowana sytuacją. W czasie kryzysu ludzie potracili pracę i dochody. Oczekiwania są duże, a rzeczywistość znacznie skromniejsza. Ludzie jeżdżą na zachód i widzą inny poziom życia, zarobki, domy, dostatek. Chcieliby żyć tutaj tak samo. Nieprzerwane porównywanie się z innymi. A my, policjanci, jesteśmy między młotem a kowadłem. Jedni oskarżają nas o nadmierną brutalność, inni o nadmierną pobłażliwość, a jeszcze inni o nieobecność tam, gdzie rzekomo powinniśmy być.

Pan domu zdecydował się włączyć do rozmowy:

– Trudno to zrozumieć. Ludzie tutaj są niby tacy sami jak gdzie indziej, a równocześnie inni. Wszyscy wyszli z ustroju, w którym władze wszystko organizowały: pracę, zaopatrzenie, mieszkanie, szkołę, wczasy. Teraz jest inaczej. Teraz obowiązuje zasada: radź sobie sam! Społeczeństwo podzieliło się. Ci, którym dobrze się powodzi, milczą, nie obnoszą się z tym. Większość jest zadowolona ze swego życia, ale jest to milcząca większość. Pozostała część społeczeństwa, solidne kilkanaście procent, to ludzie nieszczęśliwi, jest im źle, fatalnie, parszywie.

– Bo to prawda! – krzyknął wzburzony policjant, podnosząc się jednocześnie z otomany.

– Niech pan się uspokoi, poruczniku! – interweniował Sędzia, poruszony nieoczekiwanym zachowaniem gościa. Nastała dłuższa chwila milczenia. Policjant opanował się.

– Pan i ja należymy do elity. Jesteśmy ludźmi wykształconymi i mamy pozycję społeczną – zaczął policjant, uspokoiwszy się, wskazując palcem Sędziego, a potem siebie. – Nawet gdybyśmy się nie rozumieli, to jesteśmy w stanie tolerować swoje odmienne poglądy. Ale nie wszyscy w tym kraju zaakceptują pana. Wolałbym, aby nie spotkał się pan z Chudym lub kimś podobnym.

– Również mam nadzieję, że do tego nie dojdzie. Nie obnoszę się publicznie z moimi poglądami, z wyjątkiem chwili słabości wtedy, w parku. Chudy też nie wydaje mi się teraz taki niebezpieczny. Nie macie przeciwko niemu żadnych poważnych zarzutów, tylko jakieś wyobrażenia.

– Z wyjątkiem oczywiście pańskiego zeznania!

– Oczywiście – przytaknął rozmówca i kontynuował: – On i ja popieramy różne partie i nie ma szansy, abyśmy się spotkali. O to jestem spokojny.

– Pańska nadzwyczajna rozwaga rozbraja mnie – ironizował policjant. – Nie pamiętam, czy wspominałem, że on nie jest taki niewinny, jak pan sądzi. Ma za sobą kilka procesów sądowych, z których dziwnym trafem wychodził obronną ręką.

– A może to świadczy o jego niewinności? – oponował Sędzia bardziej z zasady niż z przekonania. – O co był oskarżony?

– O wywołanie bójki i pobicie, a w drugim procesie o zabójstwo człowieka. Bardzo ciężkie oskarżenie, ale nic mu nie udowodniono. Nawet nie znaleziono ciała. Wie pan co? – Policjant spojrzał na zegarek. – Czas, żebym wynosił się do domu. Ale najpierw zrobię podsumowanie sytuacji. Nakazuje mi to moje parszywe policyjne sumienie.

Sędzia akceptująco skinął głową:

– Niech pan mówi!

– Sytuacja jest prosta: zdesperowani ludzie bez pracy i perspektyw, wielki kapitał dbający tylko o pieniądze i przywileje, nieograniczona wolność wypowiedzi oraz politycy bez skrupułów i zahamowań, to wszystko stwarza bogatą pożywkę dla ekstremistów i innych szaleńców. Ich reprezentantem jest nasz Chudy. Nasz: pański i mój.

Niech pan sobie tylko dobrze wyobrazi tę postać: pogmatwana przeszłość rodzinna, nieokiełznany idealizm, poczucie krzywdy, niepowodzenie w małżeństwie i już ma pan radykała i desperata w jednej osobie, gotowego roznieść na kawałki człowieka inaczej myślącego. Sami go stworzyliśmy. Odmieniec, obcokrajowiec, oszołom – tak go nazywają, a on czuje się atakowany i znienawidzony. Wie pan, ile na świecie było zabójstw politycznych? Dziesiątki tysięcy! Zaczynając od starożytności, Juliusz Cezar w Rzymie, bardziej współcześnie: Abraham Lincoln, John Kennedy i Martin Luther King w Stanach Zjednoczonych, Mahatma Gandhi, Indira Gandhi i jej syn Rajiv w Indiach, a całkiem ostatnio Anna Politkowska i kilkuset dziennikarzy w Rosji. Nasza historia jest niewiele skromniejsza. Prezydent Narutowicz i generał Zagórski, syn Piaseckiego, szefa Stowarzyszenia PAX, Marceli Nowotko, bracia Mołojcowie i szereg innych osób, z których niejedna wystąpiła w podwójnej roli zabójcy i ofiary. To tylko czubeczek, bo nawet nie czubek, wielkiej góry lodowej.

– Pan chyba studiował historię albo psychologię? – dopytywał podejrzliwie Sędzia. – Mówi pan jak naukowiec. I pasjonat.

– Nie, skądże! – obruszył się Karolak. – Chodzi tylko o profil osobowości poszukiwanego, rodzaj portretu, który pozwala lepiej zrozumieć przestępcę, aby łatwiej go odnaleźć. Studiowałem informatykę, jestem specjalistą od analizy baz danych. Wracając do sprawy, Chudy groził panu i ja biorę to poważnie. My bierzemy to poważnie – policjant użył liczby mnogiej dla podkreślenia, że za bezpieczeństwem Sędziego stoi cały system policyjny, a nie jeden człowiek.

Sędzia spojrzał na zegarek. Dochodziła piąta po południu.

– Przestańmy gadać o polityce i przestępcach, a zacznijmy świętować – zaproponował gospodarz entuzjastycznie, przypominając swoim zachowaniem dwudziestolatka, który ma chęć bawić się, a nie martwić. – Jest piątek. W Australii o tej porze zaczyna się „happy hour". Słyszał pan o tym zwyczaju?

Policjant pokręcił przecząco głową. Rozmówca uznał to za pretekst i zachętę do wyjaśnień.

– Grałem tam trochę w futbol australijski, a potem pracowałem w firmie handlowej w wielkim, starym gmachu z epoki wiktoriańskiej. O piątej kończyliśmy pracę i wszyscy jak jeden mąż, mężczyźni i kobiety, szliśmy do pubu. Wejście było tuż obok, ogromne kute drzwi. – Sędzia usiadł wygodniej i rozmarzył się. – Sala nie była duża, robiło się ciasno, gwarno, wszyscy mówili sobie po imieniu, przekrzykiwali się. Australijczycy umieją się bawić. Cholera, że też musiałem stamtąd wyjechać! – wykrzyknął, udając żal. – Piło się przede wszystkim piwo. *It's my shout now!* Teraz ja stawiam kolejkę. To był ten okrzyk. Pamiętam wszystkie szczegóły. Piło się dużo, ale nie za szybko, bo ważniejsza była rozmowa, opowiadanie kawałów, zwykłe plotki. Całkowite zbratanie, wszyscy byli sobie równi. To bardzo demokratyczny kraj, nie tylko politycznie, ale i w zwyczajach. Nikt nie obnosił się ze swoją pozycją, majątkiem, koneksjami – narrator ożywił się, policzki mu się zaróżowiły, a oczy zalśniły blaskiem. – Powiem panu więcej, ale najpierw przyniosę coś do picia. Piwo, wino czy coś mocniejszego?

– Jeśli już, to poproszę od razu wysoką szklankę ginu z tonikiem i z cytryną. To mój ulubiony trunek. Duża, żeby nie musiał pan dwa razy chodzić.

– Pan jest Australijczykiem, poruczniku! *Gin and tonic* jest w Australii bardzo popularny.

Po wypiciu jednego, a potem drugiego drinka policjant, zamiast rozweselić się, wpadł w ponury nastrój. Wyglądał na wstawionego. Zebrało mu się na wyznania.

– Powiem panu szczerze: krajowi grozi rozłam. Zobaczy pan! Ci dwaj, Garolis i Słabosilny, to wariaci, tak między nimi iskrzy. Tam nie ma żadnego prawa, cywilizacji ani kultury. Walczą o władzę jak dwa dzikie samce o samicę. A prezydent to... to... – nie mógł znaleźć odpowiedniego słowa. Sędzia zrozumiał, że prezydent nie jest w stanie niczego zmienić. Albo nie chce. – Czy pan będzie oglądać Sportowe Igrzyska Partii i Organizacji Politycznych? – Karolak rzucił pytanie tonem przesłuchującego.

– Będę tam z ciekawości. Nigdy nie uczestniczyłem w tak wielkiej imprezie. Wiele słyszałem o tych igrzyskach. Ludzie przywiązują do nich taką wagę, jakby sam pan Bóg miał się tam ukazać i podjąć jakieś niezwykle ważne decyzje. Nie za bardzo tylko wiem jakie.

– Bóg na pewno się nie ukaże, ale igrzyska są ważne – z powagą wyjaśnił policjant, wyprostowując się. – To nie jest tylko moje przekonanie, tak myślą ludzie, którzy wiedzą więcej niż prosty burak z ulicy. – Sędziego zaskoczyła pogarda w wypowiedzi policjanta. Śledztwo i sytuacja polityczna musiały chyba urazić go w jakiś sposób. Tak nie mówi i nie reaguje człowiek zrównoważony. Pan domu zdenerwował się, powstrzymał się jednak od komentarza.

– To największa impreza sportowa w naszym kraju. To tam realizuje się prawdziwa i nieoszukiwana rywalizacja polityczna. Nikt tego panu nie powie, ale ja to wiem.

Chlapnął niechcący coś, czego nie powinien? – zadał sobie pytanie Sędzia, a głośno powiedział: – Skąd jest pan pewny tego wszystkiego?

Rozmówca popatrzył spode łba. Oczy mu lśniły od alkoholu. Próbował ratować swój honor.

– Wiem, bo jestem bardzo blisko wydarzeń. Wiem więcej niż inni.

Mówi jak nawiedzony, przeszło przez głowę Sędziego. Co go tak wyprowadziło z równowagi? Chyba nie trochę ginu. A może dolał sobie z butelki i wypił więcej, niż widziałem?

– Założyliście im podsłuch? – Sędzia prowokacyjnie zagrał *va bank*. Pytanie było retoryczne i drażniące, może nawet niepotrzebne. Był pewien, że zapytany i tak nie ujawni prawdy.

– Niech pan nie drwi. Nie jest mi do śmiechu. Wiem wiele, bo tkwię w samym nurcie wydarzeń. Jestem bratankiem Garolisa! – wyrzucił to z siebie prawie ze wstrętem, jakby wypluwał truciznę. Równocześnie poczuł ulgę. Był pewien, że Sędzia zachowa tajemnicę dla siebie. Przypominał mu ojca, upartego i twardego gościa, który potrafił trzymać język za zębami.

– Ale przecież nosi pan inne nazwisko!?

– Moja matka wyszła drugi raz za mąż, stąd inne nazwisko.

– Aaa! Teraz rozumiem, dlaczego polityka tak bardzo pana niepokoi.

– Nie powinienem mówić wszystkiego, ale skoro już wdepnąłem w gówno, to nie będę robił z tego tajemnicy. Mój ojciec był gorącym zwolennikiem, powiedziałbym nawet bojownikiem, Nowych Kreacjonistów. Matka mówiła o nim, że to narwaniec. Został ciężko pobity na manifestacji i zmarł kilka dni później. Sprawców nigdy nie wykryto. Dlatego tak bardzo niepokoję się o pana.

– Nie jestem pańskim ojcem.

– Choć nie jest pan moim ojcem... – powtórzył zamyślony policjant. – Ojcu nie mogłem pomóc, ale mogę pomóc panu. Dlatego tu jestem.

– Proszę się niepotrzebnie nie martwić. – Sędzia był spokojny i skoncentrowany. – Umiem sobie radzić. Byłem już w trudnych sytuacjach: mój zawód nie jest bez ryzyka.

Mogę panu obiecać, że zachowam zdrowy rozsądek. Nie zamierzam włazić nikomu w drogę.

Wychodząc, oficer śledczy popatrzył uważnie na Sędziego. Nie był w najlepszym nastroju.

– Przepraszam pana. Sam siebie nie poznaję, nie powinienem tak się unosić. Czuję się jak szczeniak, który pogryzł własną nogę. Jeszcze raz przepraszam. W razie potrzeby proszę bez wahania kontaktować się ze mną lub najbliższym posterunkiem policji. Tutaj ma pan mój nowy numer telefonu i adres e-mail. Zmieniamy dane kontaktowe, aby nie znaleźć się zbyt szybko na podsłuchu. Miło było spotkać się z panem i porozmawiać.

Podali sobie ręce. Policjant obrócił się do drzwi i za chwilę zniknął w deszczu, który rozpadał się nie wiadomo kiedy jakby dla ukrycia tajemnicy kryjącej się za rozmazanym horyzontem.

◆

Stukanie w drzwi obudziłoby zmarłego. Właściwie nie było to stukanie, ale wręcz łomotanie. Kto to może być? Czego oni chcą o tej porze? Przecież to środek nocy! Sędzia z trudem budził się z głębokiego snu. Późno położył się spać i marzył o śnie nieprzerywanym przez mary nocne czy pijaków walących pięściami w drzwi. Siedząc na krawędzi łóżka, przycisnął włącznik lampki nocnej. Popatrzył na budzik stojący na stoliku. Była prawie czwarta nad ranem. Nie stanowiło dla niego pocieszenia, że przespał już kilka solidnych godzin.

Łomotanie nie ustawało.

– Panie sędzio, jest pan pilnie potrzebny! Chodzi o sprawę wielkiej wagi – usłyszał wołanie tłumione przez grube drzwi.

Nie zdążył nałożyć szlafroka, kiedy do pokoju wpadły dwie kobiety. Były ubrane jak do walki. Obydwie miały na sobie identyczne bluzy. Wyższa i nieco tęższa nosiła spodnie, niższa o miłej twarzy i oryginalnych ciemnych oczach miała na sobie krótką spódnicę. Ich ubiory przypominały mundury wojskowe.

– Jak panie się tutaj dostały? Przecież drzwi były zamknięte na klucz! – zaskoczony Orlando podniósł głos. Jego prawa dłoń zacisnęła się odruchowo w pięść, na jej grzbiecie pokazały się wyraźne żyły. Sędzia patrzył na kobiety spode łba, jego fizjonomia i sylwetka wyrażały zaskoczenie i wrogość.

– Drzwi były otwarte. Kiedy nacisnęłam klamkę po raz drugi, otworzyły się – wyjaśniła spokojnie ciemnooka kobieta niewinnym głosem osoby niesłusznie oskarżonej o wtargnięcie do cudzego mieszkania. Patrzyła na mężczyznę czystymi, szeroko otwartymi, nad wyraz pięknymi oczami. Wyglądała jak obraz niewinności namalowany przez uduchowionego artystę.

Zdezorientowało to Sędziego. Może rzeczywiście zostawił drzwi otwarte? Szybko jednak odrzucił to przypuszczenie. Przecież to bzdura! Intuicja podpowiedziała mu, że kobieta kłamie, znakomicie udając zaskoczenie. Omalże nie wprowadziła go w błąd.

– Czego ode mnie chcecie? – zapytał poirytowany bezsensownym wyjaśnieniem. – Wtargnęłyście tutaj jak oddział Biura Poprawności Politycznej. To włamanie. Odpowiecie mi za to przed sądem!

– Naprawdę będzie pan nas straszył sądem? – spytała ironicznie wyższa z kobiet. – Są ważniejsze sprawy. Jest pan pilnie potrzebny do sędziowania najważniejszych zawodów w tym kraju. – Nie czekając na jakąkolwiek odpowiedź, zaczęła bezceremonialnie szarpać kołdrę, która osłaniała piersi i brzuch Sędziego.

– Jakich zawodów? – dopytywał się zdezorientowany mężczyzna.

– To coś więcej niż zwykłe zawody. Ale pan jest dociekliwy i uparty! Chodzi o Sportowe Igrzyska Partii i Organizacji

Politycznych. Potrzebny jest sędzia główny i został pan wytypowany. To zaszczyt – wyjaśniła starsza z kobiet, usiłując wyciągnąć Sędziego z łóżka.

–Zostawcie mnie w spokoju! – bronił się przed nieoczekiwanym atakiem, jednak szarpnięta mocniej kołdra wyślizgnęła mu się z rąk i opadła na podłogę jak wielki, nadmuchany, pasiasty liść. Kobiety bez żenady zaakceptowały nagość mężczyzny. Ich wzrok wydawał się jednak żądać wyjaśnienia.

– Sypiam nago, do cholery! – krzyknął wyprowadzony z równowagi Sędzia. – Nie widzicie tego? Czego ode mnie chcecie? – ponowił zapytanie, prawie krzycząc.

– Niech się pan nie przejmuje, człowieku... Panie sędzio – poprawiła się wyższa z kobiet. – Nie takie rzeczy się widziało! – Agresorka popatrzyła wymownie na koleżankę i obydwie zaśmiały się, pokazując zęby.

– Ja też bywam naga... – Kobieta w spódniczce podeszła do siedzącego, jak primadonna podniosła w górę nogę i postawiła stopę na krawędzi łóżka. Miała na sobie czarne kabaretki zakończone fikuśnymi bordowymi podwiązkami. Przechyliła się do przodu, zbliżając do nich dłonie i zaczęła delikatnie podciągać je w górę. Być może tylko udawała, że je poprawia. – Czy nagie, kobiece udo nie jest piękne? – zapytała, kierując uwodzący wzrok na Sędziego. Oczy jej błyszczały rozbudzone przyjemnością dotyku olśniewającego ciała i mówienia o tym.

Sędzia w duchu przyznał jej rację. Dawno już nie widziałem nagiej kobiety, a co dopiero takiego ciała, pomyślał z żalem. Miał świadomość, że prawie zapomniał, jak wygląda ponętna kobieta, która pragnie przypodobać się mężczyźnie. Ale artystka! – westchnął, zapominając na chwilę o paradoksalnym położeniu. W głowie czuł jeszcze szum po alkoholu, kiedy poczuł ciepło i krew napływającą do dolnej partii ciała, a chwilę później rozpierające pożądanie.

Zapomniał się. Nie był to akt świadomy, tylko popęd zakodowany w genach. Postępował bezwiednie, bez zastanowienia. Zamknął na chwilę oczy, a kiedy je otworzył, ujrzał w łóżku kobietę, blisko siebie, nagą jak ją Bóg stworzył, bez listka figowego. Nie miał pojęcia, kiedy i jak się tam znalazła. Leżała na plecach z zamkniętymi oczami i spokojnie oddychała. Z namiętnego marzenia wyrwał go głos, uparty i drażniący:

– Halo, co z wami? Oszaleliście?

Zrobiło mu się nieskończenie głupio. Był zażenowany swą nagością i nieoczekiwaną, kretyńską reakcją organizmu. Miał poczucie, że kobiety drażnią się i naigrawają z niego. Mają mnie w saku. Nic im nie mogę zrobić, skompromitowałbym się, ogarnęło go nagłe przygnębienie.

– Co ty robisz, dziewczyno? – towarzyszka „artystki" wydawała się być równie zaskoczona jak Sędzia.

– Jak to co? Przecież szef powiedział, że mamy użyć wszelkich środków przekonywania, aby tylko go ściągnąć. Powiedział o nim wyraźnie, że to „stary babiarz" – wyjaśniła szeptem, zbliżając usta do ucha koleżanki. – Nie martw się. Szef umie znaleźć haka na każdego. On się nigdy nie myli.

– Haka to ja mam na niego – usłyszała cichą odpowiedź. – Kiedy go podniecałaś, zrobiłam wam zdjęcie aparatem w telefonie. Ty jesteś widoczna tylko z boku tak, że nikt cię nie rozpozna, on za to jest jak na patelni. Goluśki i rozgorączkowany jak kogut wrzucony do wagonu z kurami.

– Nic nie może nam teraz zrobić – cicho dodała koleżanka dumna z przeprowadzonej akcji.

Sędzia podniósł rękę, aby zwrócić na siebie uwagę lub zaprotestować. Otwierał usta, chciał coś powiedzieć. Kobiety zauważyły to, lecz zignorowały jego próbę ingerencji.

– Niech pan się szybko ubiera. Jedziemy na pole walki! – padło polecenie.

– Kobiety, czyście poszalały? Jakie pole walki? Ja jestem sędzią sportowym, a nie sędzią trybunału wojskowego.

– Pan nie jest sędzią w sądzie? A nich to szlag trafi! To się nam sytuacja skomplikowała – wyrzuciła z siebie wyższa.

– Co ty się martwisz? Przecież adres się zgadza. Jeśli ktoś popełnił błąd, to nie my.

– Może i masz rację. Na bezrybiu i rak ryba. Lepszy taki sędzia niż żaden – doszła do wniosku i bardzo szybko się opanowała.

– Zaraz, zaraz... – kobieta w spódniczce podchwyciła słowa Sędziego, jakby dopiero teraz do niej dotarły. – Sędzią sportowym? W jakiej dziedzinie? Może w piłce nożnej? No, tam to umiecie ustawiać i wygrywać mecze! Jadziu, on nam spadł jak z nieba! – wykrzyknęła entuzjastycznie do koleżanki. – Idziemy – zdecydowała ze wzmożonym entuzjazmem.

Sędzia nie ruszył się z miejsca.

– Ani myślę iść z wami! – oświadczył i zaparł się o ramę łóżka.

– No proszę, pan sędzia stanął okoniem. To ci niespodzianka! – Obydwie kobiety nie były w stanie ukryć zaskoczenia.

❖

Czemu ja stale mam problemy z babami? Czy to we mnie coś siedzi, czy po prostu nie mam szczęścia w życiu? – zastanawiał się Orlando, obserwując dwie prześladowczynie, które przerwały próby przekonania go do dobrowolnego udania się z nimi i z ożywieniem konferowały w rogu pokoju. Docierały do niego strzępki rozmowy. W głowie szumiał mu jeszcze alkohol wypity poprzedniego wieczora przy partii brydża, przeżytku w dobie szybkiej komunikacji, spotkań przy grillu i częstych podróży.

Czuł przez skórę, że przegra, podobnie jak z kobietami w swoich dwóch małżeństwach. Były to związki z miłości, a co najmniej z wzajemnego zauroczenia i fascynacji. Na początku wszystko układało się bardzo dobrze, wręcz idealnie. Powinienem być ostrożny, jeśli wszystko szło jak z płatka, bezproblemowo. Podobnie jak w hokeju, dobry początek niekoniecznie zapowiada zwycięstwo lub choćby remis. Dlaczego one ode mnie odeszły? – zastanawiał się, patrząc na młodszą z porywaczek, która przypomniała mu pierwszą żonę, Anetę, największą miłość. Doskonale przecież wiedziała, co więcej, zaakceptowała, że jestem międzynarodowym sędzią sportowym i często będę wyjeżdżać na mecze, szkolenia i inne imprezy związane z moim zawodem. Uczciwie o tym rozmawialiśmy. Tak mi się przynajmniej wydawało. A co potem? Już po roku uznała, że mężczyzna, którego nie ma w domu, to nie mąż, a kilka miesięcy później znalazła sobie przyjaciela i razem wyjechali na drugi kraniec kraju. Aneta to pechowe imię – wiedział, że to prawda i nieprawda. O drugiej żonie myślał mniej, może dlatego, że po prostu opuściła dom, kiedy był za granicą i bez większych ceregieli oraz kłótni przeniosła się na stałe do matki.

Orlando popatrzył w kierunku spiskujących kobiet. Wrócił do swego niemiłego położenia. Męczyła go niepewność. Podjąłby już działania, żeby się wyrwać. Miał nad każdą z nich przewagę fizyczną, ale coś mu mówiło, że to nie przejdzie. Obydwie chyba znały sztuki walki, były wysportowane i poruszały się elastycznie. Był też omalże pewien, że za drzwiami czeka pomoc, którą wezwałyby w razie potrzeby. Budząc się w czasie łomotania w drzwi, słyszał niewyraźny męski głos.

Wrócił do rozmyślań o minionych małżeństwach. Sędziowanie było intratnym zawodem, zarabiał przyzwoite pieniądze. Jedna i druga żona chętnie korzystały z tego dobrodziejstwa, ale nie akceptowały rozłąk, z jakimi to się wiązało. Kobiety! – żachnął się. Nie był krytyczny, odczuwał tylko żal i gniew z powodu nieudanych związków. Miał w tym swój udział, popełniał błędy. że tak późno to zrozumiał. Od razu powinienem zrobić żonie dziecko, jak radzili koledzy z większym doświadczeniem, wtedy miałaby obowiązki i nie czułaby się samotna, pomyślał. Sęk w tym, że ani jedna, ani druga kobieta nie rwały się do macierzyństwa na początku małżeństwa, a on im ustępował. W życiu Orlanda były potem inne związki, przelotne. Oprócz przyjemności fizycznej żaden nie przyniósł mu głębszej satysfakcji. Mimo pozorów zwycięstw zawsze przegrywałem z kobietami – pesymistyczny wniosek Sędziego zbiegł się z zakończeniem dyskusji „militarystek", jak nazwał je w duchu, patrząc na ich ubiory i zdecydowane ruchy. Trudno! Powróciłem do kraju, aby odnaleźć się, być użytecznym, i muszę zaakceptować to, co los mi niesie – Orlando poczuł się lepiej mimo niepewności, co uradziły dwie kobiety. Postanowił się nie sprzeciwiać.

❖

Przed domem czekał samochód terenowy, imponujących rozmiarów. Toyota Land Cruiser V8. Siedzący wewnątrz kierowca wysiadł i usłużnie otworzył drzwi pasażerom. Nikt nie zadawał pytań ani nic nie wyjaśniał. Samochód ruszył w drogę w nieznanym kierunku.

Sędzia starał się zapamiętać jak najwięcej szczegółów z trasy przejazdu, lecz wkrótce uznał, że nie ma to znaczenia, skoro wieziono go bez opasek na oczach. Samochód krążył wąskimi uliczkami starego, lecz zadbanego osiedla mieszkaniowego. Pasażer przyglądał się z ciekawością domom i ogrodom. Kiedy znudził się powielanymi projektami architektonicznymi domów, ogrodów i bram, przyszła mu chęć na rozmowę.

– Czy mogę wiedzieć, dokąd jedziemy?
– Oczywiście – odpowiedziały jednocześnie kobiety, po czym wyższa i tęższa wyjaśniła: – Jedziemy na stadion. Będzie pan głównym sędzią wielkiej imprezy sportowej,

pańską rolą jest dbać o przestrzeganie regulaminu igrzysk. Do sędziowania meczów w konkretnych dyscyplinach sportowych zostali wyznaczeni odrębni sędziowie.

– Czy ja jestem naprawdę tam potrzebny? Chyba wystarczyłyby organy porządkowe i policja?

– Nie wystarczyłyby, panie sędzio. Sportowe Igrzyska Partii i Organizacji Politycznych są trudne do prowadzenia. Drużyny, trenerzy, działacze sportowi, no i oczywiście kibice potrafią sprawiać kłopoty, ponieważ w grę wchodzą nie tylko emocje sportowe, ale i polityczne. Kibicami zajmą się służby porządkowe i policja, pan natomiast będzie mieć kluczową rolę utrzymania porządku na stadionie.

Blondynka sięgnęła do teczki, którą trzymała na siedzeniu, wyjęła z niej dokument i położyła Sędziemu na kolanach.

– To jest regulamin Sportowych Igrzysk Partii i Organizacji Politycznych, który w sposób ogólny określa obowiązki sędziego głównego igrzysk. Proszę go sobie przestudiować w drodze na miejsce. Ma pan dosyć czasu. Jeśli będzie pan mieć pytania, chętnie na nie odpowiemy.

– Mam pytanie. A pani kogo reprezentuje i jaki to ma związek z igrzyskami oraz ze mną? – jego lekko poirytowany głos nie wywołał szczególnej reakcji na twarzach pozostałych osób.

– Przepraszam, panie sędzio, że nie przedstawiłyśmy się panu, ale nie było na to czasu – uprzejmie odpowiedziała blondynka. – Obydwie reprezentujemy Agencję Marketingu Politycznego „Karola", której mam przyjemność być właścicielką. Wykonujemy usługi, których nikt inny nie jest w stanie zaoferować.

– Na przykład?

– Na przykład zachęcenie pana do sędziowania na igrzyskach partii i organizacji politycznych.

– Jaki to ma związek z marketingiem?

– Ma, ponieważ służy poprawie publicznego wizerunku uczestników igrzysk. Nie pracujemy na zlecenie żadnej partii politycznej, tylko organizatorów i sponsorów tej imprezy. Żadna partia nie udzieliłaby nam zlecenia, ponieważ bałaby się, że pójdziemy potem do innej i tam moglibyśmy zdradzić jej tajemnice.

– To ciekawe. Niech pani powie mi coś więcej, skoro tak miło konwersujemy.

– Przepraszam, ale nie mogę. Tym bardziej, że chciałabym jeszcze dokonać prezentacji mojej przemiłej koleżanki, którą usiłował pan... Jakby to powiedzieć... No, może nie zgwałcić, ale z pewnością wykorzystać. Ona jest moją prawą ręką, a ten pan jest naszym kierowcą. Proszę nie pytać go o nic, bo i tak nic panu nie odpowie.

Sędzia zamierzał zareagować na niedwuznaczne oskarżenie, machnął jednak ręką, zdając sobie sprawę, że i tak nie wygra. Zrozumiał, że kobiety mogą go szantażować. Zmienił więc temat.

– A ten pan, to co? Jest niemową? To chyba niemożliwe w towarzystwie tak rozmownych pań? – chciał być uszczypliwy, aby choć częściowo się zrewanżować.

Odpowiedział mu serdeczny śmiech całej trójki. Kierowca gulgotał z radości jak indyk tak intensywnie, że twarz mu poczerwieniała. Zaczął się krztusić i o mało co nie wypuścił kierownicy z rąk.

– Panie sędzio, pana można pokochać za poczucie humoru – odpowiedziała czarnula. – Ten pan, nasz kierowca, to w ogóle nic nie mówi, ponieważ raz chlapnął coś tak okropnego, że aż odgryzł sobie język. Od tej pory jest niemową.

Jej słowom towarzyszył ponowny rechot trzech osób, ale nie taki otwarty i szczery, jak poprzednio. Sędzia wyczuł w nim coś niepokojącego, jakąś dwuznaczność, niedopowiedzenie. Czy oni śmieją się dla żartu, czy też ona miała na myśli rzeczywiście jakieś kretyńskie okrucieństwo? Co za zwariowany świat? A może jestem przewrażliwiony? – pomyślał. Odwrócił głowę w prawo, popatrzył na drzewa i domy migające na poboczu jezdni i przypomniał mu się regulamin. Sięgnął po niego i zabrał się do czytania. Jazda do celu, który znały tylko kobiety i kierowca, trwała już ponad godzinę, kiedy wjechali w leśną drogę. Musimy być chyba niedaleko miasta. – Orlando rozglądał się na wszystkie strony, jakby szukał znaków rozpoznawczych lub chciał zapamiętać drogę. – Jechaliśmy – spojrzał dyskretnie na zegarek – godzinę i osiem minut. Czyli jesteśmy około 80–90 km od mojego domu. Nie może to być daleko od stolicy, ponieważ teraz jesteśmy po jej wschodniej stronie.

6

Miejsce igrzysk znajdowało się tuż za krawędzią lasu w postaci nieskończonej równiny stanowiącej dno niecki. Była wczesna godzina poranna. Chłodne i czyste powietrze zapewniało doskonałą widoczność. Słońce stało nad horyzontem, oświetlając równinę i obrzeżające ją wzniesienia terenu, za którymi rysował się kontur lasów. Najpierw podążali wzdłuż ogromnego stadionu, a następnie wjechali w bramę, za którą znajdował się parking z oznaczeniem „Tylko dla samochodów z rezerwacjami miejsc".

Kobiety i Sędzia wysiedli z pojazdu, a następnie udali się w kierunku stanowiska sędziowskiego. Na trybunach i boisku gromadził się coraz większy tłum kibiców i zawodników. Sędzia zafascynowany widokiem poczuł szturchnięcie w łokieć.

– Panie sędzio, proszę skorzystać z lornetki. – Atrakcyjna brunetka, która kilka godzin wcześniej przeprowadzała na nim eksperyment seksualny, teraz życzliwie podsuwała mu zgrabną, czarną lornetkę zawieszoną na wąskim, skórzanym pasku. Sędzia skwitował propozycję skrzywieniem ust przypominającym niezdecydowany uśmiech, lecz bez wahania zawiesił pasek na szyi i przyłożył lornetkę do oczu.

– Fantastyczne! Dziękuję pani. Tego mi brakowało! – wykrzyknął jak dzieciak obdarowany zabawką, której piękno i użyteczność przerastały jego wyobrażenie. Zaczął gorliwe notować w pamięci obserwacje czynione za pomocą nowego narzędzia pracy. Pochłonięty zadaniem pozostałby zapewne dłużej w tym samym miejscu, gdyby nie naleganie ekipy towarzyszącej.

– Panie sędzio, proszę się tutaj nie zatrzymywać. Idziemy na stanowisko sędziowskie.

Niedawne prześladowczynie, podejrzanie szybko przeobrażone w uczynne asystentki, kilka minut później doprowadziły Sędziego do metalowej konstrukcji i zachęciły gestami do wejścia na górę po stromych schodkach.

Platforma na szczycie otoczona była solidną metalową barierką oraz ekranem ze szkła pancernego. Informowała o tym tabliczka umieszczona u dołu barierki, podająca nawet miarę odporności ekranu na uderzenie. Sędzia zastanawiał się chwilę nad znaczeniem tej informacji, po czym z rezygnacją machnął ręką. Rozejrzał się wokół i poczuł się w swoim żywiole. To był jego świat.

❖

Kompleks Sportowo-Widowiskowy „Albera" ze stadionem głównym, przyległymi boiskami, budynkami, terenami zielonymi i sporym jeziorem przerastał wyobraźnię swoim położeniem, ogromem i kształtami. Rozległość terenu i znajdujące się na nim masy ludzkie nasuwały wrażenie pola bitewnego. Wydawało się, że tłumy na stadionie, sąsiednich boiskach i trybunach mrowią się jak fantastyczne miasto z filmu.

Uczestnicy rozgrywek ubrani byli tak różnorodnie, jakby ich celem był udział w pikniku, a nie w zawodach sportowych. Wszędzie panował rozgardiasz i zgiełk, nie było widać znaków informacyjnych ani służb porządkowych.

Trybuny wypełnione były tylko do połowy, lecz liczba osób napływających przez wejścia główne i boczne sugerowała, że wkrótce będzie pełen komplet widzów.

– Niesamowity widok! Czegoś takiego jeszcze nie widziałem! – wykrzyknął w zdumieniu Sędzia z chwilą wstąpienia na platformę usytuowaną kilka metrów nad ziemią po północnej stronie stadionu. Stanowisko miało nieocenioną zaletę: słońce nie raziło w oczy obserwatora bez względu na porę roku i dnia.

Sędzia oderwał oczy od boiska, aby zająć się organizacją stanowiska pracy. Przysunął do siebie stolik, na którym znajdowały się jakieś dokumenty, notatnik, dwa długopisy, masywny gwizdek sędziowski, cztery olśniewająco czyste szklanki na małej tacce, otwieracz do kapsli oraz trzy butelki: dwie z coca-colą i jedna, większa, z wodą mineralną. Napoje były zimne, jakby przed chwilą wyjęto je z lodówki. Doszedł z zadowoleniem do wniosku, że organizatorzy o niego dbają, gdyż nie znosił ciepławych napojów. Rozsiadł się w fotelu, sięgnął po butelkę coca-coli, otworzył ją i powoli nalał sobie płynu do szklanki. Wypił duszkiem połowę zawartości, wyciągnął nogi przed siebie, poprawił sędziowską czapkę z daszkiem i głęboko westchnął.

– Mam to, o czym mogłem tylko marzyć. Znowu jestem w biznesie. I to jakim? Nigdy jeszcze nie sędziowałem w takiej imprezie! Dobrze się stało, że te zwariowane baby siłą wyciągnęły mnie z domu i wcisnęły mi w ręce regulamin igrzysk. Wiem przynajmniej, o co chodzi. Gdybym się tutaj nie znalazł, siedziałbym teraz w kuchni i przygotowywał śniadanie. Kurwa mać, co za porównanie! – żachnął się z powodu przekleństwa. To z nadmiaru radości, pomyślał, zdając sobie sprawę, że to nędzna wymówka wobec solennej decyzji oduczenia się przeklinania w miejscach publicznych. Orlando pogodził się z chwilową słabością i wstał z fotela, aby przyjrzeć się dokładniej otaczającym go widokom. Chłodny powiew wiatru od strony lasów na horyzoncie umocnił jego zadowolenie.

Za jego plecami rozciągały się amfiteatralnie ułożone kondygnacje trybun, włącznie z trybuną dla VIP-ów, prezydencką i rządową, stanowiskami reporterskimi, punktem widokowym oraz restauracją. Kolorowe kwiaty w wielkich donicach dodawały barwy i blasku betonowym płytom, stalowym dźwigarom, wielkim szklanym oknom, a także stylowym, pastelowym płytkom ściennym.

Sam stadion zbudowano w formie ogromnej, czterokondygnacyjnej, owalnej konstrukcji panoramicznie otwierającej się w kierunku południa na boiska służące rozgrywkom żużla, polo, hokeja na trawie oraz różnych dyscyplin lekkoatletycznych. W dalszej perspektywie widoczne było jezioro oraz park z alejkami i pasami do jazdy rowerowej. Parkingi, kasy, restauracje, toalety ukryto po bokach, za wielką konstrukcją stadionu i wewnątrz niej. Na tle trybun w oczy rzucał się wielki napis „Albera".

Nazwa trochę pretensjonalna, mogliby wymyślić coś lepszego, pomyślał Orlando. Zmienił zdanie kilka minut później, kiedy na tabliczce informacyjnej stanowiska sędziowskiego przeczytał, że głównym sponsorem stadionu jest firma Albera – międzynarodowy potentat w budowie obiektów sportowych.

– Tam, gdzie są pieniądze, są też przywileje – Sędzia ze zrozumieniem pokiwał głową.

Po kilku minutach Sędzia pozostawał wciąż pod wrażeniem miejsca i zbliżających się wydarzeń. Dopiero teraz dotarło do niego, jak wielką rolę mu przypisano. Mimo braku doświadczenia w pracy w charakterze głównego arbitra i okoliczności, jakie go tutaj doprowadziły, uznał, że jest to zrządzenie losu zesłane wbrew jego woli. Zaakceptował sytuację, choć pozostawał w nim niepokój związany z nowym wyzwaniem.

– Mieli mi przysłać asystenta do pomocy! – Sędzia zaczął się niecierpliwić. Nie znosił opieszałości i niedotrzymywania słowa. – Ciekaw jestem, kiedy on się tu wreszcie pojawi.

Wyjął z kieszeni telefon komórkowy, który otrzymał do swojej dyspozycji wraz z regulaminem igrzysk oraz zapewnieniem, że organizatorzy oferują doskonałe warunki pracy i pomoc. Pocieszyło go to, ale nie rozwiało wątpliwości. Oni chyba bardziej wierzą w moje umiejętności i doświadczenie niż ja sam, doszedł do wniosku. Dla złagodzenia niepokoju i dodania sobie otuchy powtórzył kilka razy w myślach, że wszystko musi pójść dobrze. Nigdy nie zaznał porażki na polu sportowym, co do tego Sędzia nie miał wątpliwości. Wybrał numer zapisany w smartfonie pod hasłem „pomocnik sędziego głównego" i czekał kilkadziesiąt sekund tylko po to, aby wysłuchać komunikatu, że odbiorca jest poza zasięgiem. Zdenerwowany odpowiedzią spojrzał na zegarek. Dobrze, że chociaż przywieźli mnie wcześnie, pocieszył się. Do rozpoczęcia igrzysk mam jeszcze prawie półtorej godziny.

❖

Przy stanowisku głównego sędziego zatrzymał się niezbyt wysoki mężczyzna w bryczesach i skórzanej kurtce. Rozejrzał się, wspiął na palce i patrząc w górę, starał się dostrzec, kto znajduje się na platformie. Znał to miejsce bardzo dobrze. Był tu już po raz piąty, tyle razy, ile razy organizowano Sportowe Igrzyska Partii i Organizacji Politycznych. Pierwszy raz przyszedł z ciekawości. Interesowały go mecze, zawodnicy, wyniki, rywalizacja sportowa. W następnych dwóch latach zaczął dostrzegać coś ciekawszego – związek między rozgrywkami sportowymi a rywalizacją polityczną.

„To coś więcej niż sport i polityka – tłumaczył w domu żonie słuchającej go z czystej uprzejmości, ponieważ nie interesowało jej ani jedno, ani drugie. – W igrzyskach uczestniczą wyłącznie drużyny, które wystawiają partie polityczne. Rozgrywki stwarzają możliwości kreowania rzeczywistości, tworzenia pozytywnego wizerunku, który zwiększa szanse zwycięstwa wyborczego partii. Oczywiście tylko wtedy, kiedy drużyna wygrywa" – stojący pod platformą sędziowską nieznajomy przypominał sobie szczegóły tamtej rozmowy.

– Czy jest możliwe, żeby wygrana na boisku decydowała o powodzeniu partii? – zapytała męża stojąca obok kobieta, nieoczekiwanie wpadając w nurt rozumowania mężczyzny w bryczesach, który obrzucił ją takim wzrokiem, jakby była medium czytającym w myślach.

– Akceptuję pani sceptycyzm – odpowiedział machinalnie, choć nie do niego skierowane było pytanie. – Sam często się nad tym zastanawiam...

– Nie jestem sceptyczna, ja po prostu pytam. – Jej okrągłe oczy wyrażały zdziwienie z domieszką protestu.

Nieznajomy spojrzał na nią z uwagą i zaczął tłumaczyć:

– Mecze wygrywane przez daną partię nie decydują o jej sukcesie wyborczym, ale poprawiają jej wizerunek publiczny, co przy niewielkich różnicach popularności w stosunku do innych partii może dać jej przewagę w sondażach opinii i przy urnach wyborczych. Te rozgrywki są jedyne w swoim rodzaju, są unikalne w skali międzynarodowej. Wiem coś o tym – dorzucił z błyskiem w oczach i uśmiechem zadowolenia. – Jestem politologiem i studiuję zachowania partii politycznych.

– Jak to „jedyne w swoim rodzaju"? – kobieta usiłowała zrozumieć wypowiedź. – Czy inni nie organizują olimpiad, igrzysk, rozgrywek sportowych i podobnych imprez? Są przecież ich setki, a może nawet i tysiące!

– Jedyne w swoim rodzaju – powtórzył z uporem politolog, wykrzywiając z niesmakiem usta z powodu kwestionowania oczywistej prawdy. – Niech mi pani wierzy, że tak jest. Są unikalne również dlatego, że na meczu partia polityczna może pokojowo rozładowywać wrogość wobec konkurenta, a stawka w grze może być ogromna.

Od stanowiska posła na sejm przez stanowisko senatora, aż do fotela premiera i tronu prezydenta.

Kobieta zaskoczona perswazją popatrzyła błagalnie na męża w poszukiwaniu pomocy, a kiedy nie zareagował, odwróciła wzrok i zaczęła szukać czegoś w torebce. Doszła do wniosku, że nie wygra z fanatykiem przekonanym o swojej racji.

Politolog również stracił zainteresowanie dalszą rozmową. Zaprzątało go co innego. Chciał koniecznie nawiązać kontakt z sędzią głównym, aby podzielić się wiedzą polityczną, którą wykorzysta dla dobra publicznego. Ciężko jest profesjonaliście żyć ze skarbem, który jest bezużyteczny.

7

Z zachowania ludzi na stadionie Orlando wyniósł nieodparte wrażenie, że są zbrojni w nadmiar uczuć patriotycznych i przekonani o własnych racjach oraz gotowi udowodnić je każdemu, kto śmiałby w nie wątpić. Wywnioskował to z zaciśniętych pięści, dumnych postaw, zaczerwienionych twarzy, patriotycznych akcesoriów oraz gęstych okrzyków i wymownych gestów.

– Ciekawi orędownicy sportu i polityki – mruknął Sędzia do siebie, niepewny, jak oceniać postawy i gesty zawodników na boisku.

Z chwilą zajęcia miejsca na stanowisku obserwacyjnym ujawniły się nawyki Sędziego. Teren, na którym mrowili się zawodnicy, Orlando ochrzcił w duchu mianem stadionu, choć nie było to określenie precyzyjne. Alternatywnie gotów był używać terminu „boisko". Mając wszystko jak na dłoni, szybko zidentyfikował dwa stojące naprzeciwko siebie duże zgrupowania zawodników oraz kilka mniejszych grup rozlokowanych na uboczu. Z przyzwyczajenia określił je drużynami. Różniły się między sobą krojem i barwami strojów, kształtami oraz wielkością transparentów i banerów, treścią wypisanych i wykrzykiwanych haseł, wreszcie sylwetkami przywódców, których zdefiniował jako kapitanów.

Sterczą przed swoimi drużynami jak wygłodniałe króliki przed zagonami kapusty pokazując, kto jest najważniejszym pretendentem do żłobu – nasunęło mu się porównanie ze świata zwierząt bliskiego mu od dzieciństwa. Nad polityką zaczął poważniej zastanawiać się dopiero od kilkunastu dni.

– Cholera! Jak tu się rozeznać, jakie partie lub kluby ci ludzie reprezentują? Co to za drużyny? – Sędzia głośno wyraził swoje zaniepokojenie, jakby rozmawiał z iluzorycznym sędzią pomocniczym.

– Nie musi pan zgadywać, panie sędzio, która partia jest która. To widać jak na dłoni – doszedł go spokojny męski głos z boku platformy. Popatrzył w kierunku mówiącego, potem uważnie mu się przyjrzał. Był to mężczyzna około pięćdziesiątki, średniego wzrostu, starannie wygolony, ubrany jak do jazdy konnej. Bryczesy, buty oficerki oraz lekka skórzana bluza nadawały mu wygląd człowieka wysportowanego i zdyscyplinowanego. Ocena Sędziego wypadła pozytywnie.

– Tak? A pan jak je rozróżnia? Jak może pan coś widzieć na ogromnym stadionie, nie mając lornetki? – Sędzia wyrzucał z siebie pytania jak automat. Był zaskoczony i zarazem zadowolony, że jest obok ktoś, kto wydaje się nieźle orientować w sytuacji.

– Niech pan się nie dziwi, panie sędzio. Mam dobre rozeznanie w sprawach politycznych. Zajęło mi wiele lat, aby to wszystko rozgryźć. Zęby na tym zjadłem – oświadczył rozmówca i otworzył szeroko usta. Sędzia zauważył poważne braki uzębienia w dolnej szczęce. Kontrastowało to niekorzystnie ze schludną i szczupłą sylwetką właściciela.

Szczerość i odwaga nieznajomego mężczyzny zaimponowały Sędziemu. Mnie na coś takiego nie byłoby stać, przemknęło mu przez głowę, ale natychmiast odrzucił myśl jako refleksję bez znaczenia.

– Skąd pan wie, jaki jest mój zawód? – Sędzia zadał pytanie Szczerbatemu, jak nazwał go w duchu.

– Wiedzieć takie rzeczy to mój zawód, panie sędzio. Jestem politologiem, profesjonalistą – z dumą odpowiedział zapytany, wyprostowując swoją niezbyt wyrośniętą postać i zwracając w górę twarz, na której dostrzegalne były ślady zmęczenia lub przepicia. – A tak naprawdę, oni tu nikogo innego nie przywożą, tylko sędziów.

– Kim są ci „oni"? – Sędzia był coraz bardziej poirytowany faktem, że nie orientuje się w sytuacji.

– To porozumienie ludzi, których celem jest przywrócenie przyzwoitości w walce politycznej w kraju. Z lewa i z prawa wszyscy przyznają, że jest ona bezwzględna, wręcz brutalna. Porozumienie na Rzecz Debarbaryzacji Polityki, którego członkiem mam zaszczyt być, chce nadać rywalizacji politycznej ludzkie wymiary. Rząd ani prezydent nie są w stanie poradzić sobie z problemem nabrzmiałym jak wrzód na zdrowym organizmie społeczeństwa, a Kościół nie chce zabierać głosu w tej sprawie. Z konieczności wzięła ją więc w ręce grupa najmniej skołtunionych polityków i działaczy sportowych. To oni wyszukują i przywożą tu uczciwych sędziów, aby propagowali wśród polityków-sportowców zasady obiektywności, poczucia odpowiedzialności i rozwagi – zakończył politolog swoje przydługie wyjaśnienie, wyjął chusteczkę z kieszeni i wytarł czoło. – Teraz do pana należy obowiązek rzetelnego przysłużenia się sprawie – dodał Szczerbaty, wpatrując się uważnie w twarz Sędziego. Chciał wiedzieć, jak ten zareaguje na jego słowa.

– Ja miałbym propagować tutaj zasady poprawności politycznej? W jaki sposób? – Sędzia powoli sączył słowa, wyraźnie zaskoczony oczekiwaniami, jakie zostały mu postawione.

– A kto inny, jak nie pan? – kategorycznie replikował Szczerbaty zaskoczony sceptycyzmem Sędziego. – Jak może pan zadawać takie pytania? Przecież jest pan człowiekiem odpowiedzialnym. Widzę, że muszę panu pomóc bardziej niż z początku myślałem – dodał spokojniejszym tonem.

Zdał sobie sprawę, że nie ma podstawy winić Sędziego za to, że ktoś nie udzielił mu wyczerpujących instrukcji.

– Zawsze byliśmy bałaganiarzami – mruknął pod nosem.

– To nie jest moja działka. Nigdy się tym nie zajmowałem! – krzyknął Sędzia wyprowadzony z równowagi. – Jestem tylko sędzią sportowym.

– Jak to nie pańska działka? – oburzył się Szczerbaty. – Przecież jako sędzia sportowy wielokrotnie zażegnywał pan konflikty między zawodnikami, drużynami i kibicami. Wezwano pana tutaj, aby rozstrzygnąć, która partia polityczna reprezentuje zdrową postawę sportową i najwyższą wolę walki. Taka partia będzie umiała także dbać o dobro i przyszłość narodu.

Na twarzy politologa pojawił się niepokój. Ogarnęły go złe przeczucia. Nie chciał popełnić błędu, doradzając przypadkowemu człowiekowi, najwyraźniej ignorantowi, wobec czego zapytał:

– Czy pan jest naprawdę sędzią i zna się na wymiarze sprawiedliwości? Sportowej czy niesportowej, to bez znaczenia. Kim pan w ogóle jest? Jakie ma pan kwalifikacje i doświadczenie? – Szczerbaty postawił na jedną kartę – dobrze rozwijającą się współpracę z bądź co bądź wpływowym człowiekiem. Kolejny raz podniósł głowę, aby lepiej słyszeć Sędziego.

– Jestem międzynarodowym sędzią hokeja na lodzie. Znalazłem się tu przypadkowo, choć teraz nie jestem pewny, czy tak w istocie było. Wszystko to takie dziwne – dodał z westchnieniem. – Moi porywacze czy raczej porywaczki były rozczarowane, że nie jestem sędzią wymiaru sprawiedliwości, a potem ucieszyły się, że jestem sędzią sportowym. Najbardziej życzyłyby sobie, abym był sędzią piłki nożnej. W sumie wiem tylko tyle, że mam wystąpić jako sędzia główny Sportowych Igrzysk Partii i Organizacji Politycznych. Pan uchylił mi rąbka tajemnicy, za co jestem szczerze wdzięczny – Sędzia uznał, że najkorzystniejszy będzie pojednawczy tryb rozmowy.

– O, widzi pan, to dobrze się składa, bo ja naprawdę wiem sporo. Widziałem tutaj niejednego sędziego, ale ostrzegam pana: żaden z nich nie sprostał zadaniu. Jest ono skomplikowane, a zawodnicy, trenerzy i kibice są niezwykle wymagający i trudni. Niektórzy sami dobrze nie wiedzą, czego naprawdę chcą, choć wszyscy krzyczą, że pragną prawdy, sprawiedliwości i dobra narodu. Oraz oczywiście ukarania winnych. – Politolog podkreślił swoje oświadczenie, unosząc w górę prawą pięść, a następnie opuszczając ją w dół tak, jak kat opuszcza topór. Sędzia mógłby przysiąc, że usłyszał nawet świst powietrza. – Widocznie dlatego zmienili kryteria wyboru sędziego – kontynuował Szczerbaty. – Dotychczas byli to sędziowie wymiaru sprawiedliwości i tylko jeden był sędzią pokoju. Przywieźli go zza wschodniej granicy. Skąd wytrzasnęli tam człowieka o takich kwalifikacjach, tylko Bóg raczy wiedzieć. Dla mnie zakrawało to na cud. Czy mogę wiedzieć, jakie są pańskie doświadczenia zawodowe? – Szczerbaty przerwał wyjaśnienia, aby ostatecznie rozwiać niepewność dotyczącą osoby, której w poczuciu obywatelskiego obowiązku udzielał pomocy.

– Moja kariera zawodowa obejmuje trzy brutalne dziedziny sportu: futbol, boks i hokej na lodzie. Przez dwadzieścia miesięcy grałem w drużynie futbolu australijskiego. Miałem szczęście, że skończyło się to tylko dwukrotnie złamanym obojczykiem i silnym wstrząsem mózgu. Australijczycy mają takie ilości testosteronu, że musieli wymyślić własny futbol, aby nie pozabijać się na ulicach. Potem boksowałem, a w końcu zostałem zawodowym hokeistą. Kariera hokejowa doprowadziła mnie do sędziowania. Byłem dobry i szybko uzyskałem awans na sędziego międzynarodowego.

– Wiedziałem, że jeśli wybrano pana, międzynarodowego sędziego hokeja na lodzie, to znaczy, że jest pan twardy, sprawiedliwy i nieprzekupny. Musi pan być gwiazdą sędziostwa! – Szczerbaty promieniał entuzjazmem, że wreszcie znaleziono właściwego arbitra.

– No... nie wiem, czy pan nie przesadza i mnie nie przecenia. Nie zaprzeczam, że moja renoma międzynarodowego sędziego jest nieposzlakowana – Orlando nie był pewny, czy samemu sobie wypada udzielać tak znakomitej rekomendacji – ale wróćmy do mojej roli tutaj, na stadionie. Pan, panie Szczer... przepraszam... panie asystencie, jak pan ją widzi konkretnie?

Szczerbaty, słysząc zwrot „panie asystencie" poczuł się uznany i doceniony, i z zapałem zaczął udzielać Sędziemu skrupulatnych wyjaśnień.

– Podobnie jak role pańskich poprzedników: pilnować przestrzegania reguł gry oraz orzec, który zespół wygrał w ostatecznych rozgrywkach. To nie jest łatwe zadanie, ale ja panu w tym pomogę. Jak już wspominałem, zęby na tym zjadłem – powiedział z przekonaniem politolog i już otwierał usta, aby poświadczyć prawdę, kiedy Sędzia zainterweniował w pośpiechu:

– Nie ma potrzeby. Widziałem. Wierzę panu.

Nastąpiła chwila przerwy. Obydwaj mężczyźni zaczęli kaszleć od nadmiaru kurzu i pyłu wzniecanego nogami setek zawodników rwących się do walki z przeciwnikiem.

❖

Wreszcie nadszedł mój czas. Po tylu latach niepowodzenia w końcu tłusty rok. To chyba łaska boska. A może tylko zwykłe zrządzenie losu? Nie! Los to coś beznamiętnego, sucha statystyka prawdopodobieństwa, że coś się zdarzy lub nie. Awans na asystenta głównego sędziego igrzysk dał Szczerbatemu okazję do pozytywnych spekulacji i rozmyślań.

Przyzwoity chłop ten sędzia. Pierwszy, który zainteresował się moją wiedzą i kwalifikacjami. Chyba zaakceptował też moje poczucie humoru. Faktem jest, że uśmiecha się pod nosem na te zwariowane komentarze. Politolog poczuł się szczęśliwy.

„– Karolu, wiesz wiele i umiesz ładnie mówić, ale jesteś tylko samodzielnym pracownikiem biurowym i nie możesz się oszukiwać, że jesteś kimś więcej. Nie pracujesz nawet w swoim zawodzie, choć masz tytuł magistra politologii. Gdybyś był kimś więcej, to ludzie by to dostrzegli..." – Szczerbaty przypomniał sobie słowa żony. Miał do niej trochę żalu, że nie dostrzegła w nim nic więcej niż zwykłego urzędnika, że nigdy szczerze go nie pochwaliła ani nie zachęciła do sięgania wyżej.

Pomyślał, że pacyfikowała go jak wszyscy inni, choć nie miała złych intencji. Ale co mi z ich prawdy, jeśli nie widzieli we mnie niczego więcej? – zagrały w nim uczucia mężczyzny marnującego życie, o niespełnionych marzeniach, do których Bóg dał mu prawo i powołanie. Szczerbaty poczuł się wreszcie wybrańcem losu. Ze stanu emocji wyrwał go głos Sędziego:

– Wiem już z grubsza, o co chodzi. – Sędzia dyskretnie wypluł w chusteczkę drobiny pyłu unoszące się obficie w powietrzu. – Teraz proszę mi objaśnić rozkład sił na polu walki. To znaczy, chciałem powiedzieć... na stadionie – Sędzia nie był pewien, czy używać terminów sportowych, czy korzystać ze zwykłego potocznego opisu. – Proszę o krótką charakterystykę sytuacji wyjściowej. Muszę dokładnie wiedzieć, kto z kim gra. Obserwując zaczepne nastroje na boisku, bardziej stosowne byłoby zapytać, kto gra przeciwko komu. Wie pan, zaledwie kilkanaście dni temu wróciłem do kraju po długim pobycie za oceanem, gdzie zajmowałem się tylko hokejem na lodzie i sędziowaniem, a nie tym, co dzieje się w polityce w kraju – podsumował Sędzia usprawiedliwiająco.

Chciał jeszcze coś dodać, kiedy na równinie wybuchło głośne zamieszanie.

– Niech pan od razu relacjonuje mi wydarzenia – rzucił krótko Szczerbatemu. – Muszę śledzić akcję od początku. Jeśli ktoś kogoś przyciska do bandy lub wbija mu kij w żebra – ja muszę to natychmiast zobaczyć. O ustawieniu zespołów i zawodników porozmawiamy później. A teraz, kiedy jest pan już moim asystentem, niech pan szybko wdrapie się na platformę. – Sędzia pochylił się nisko i wyciągnął rękę w kierunku mężczyzny.

Wydając polecenia, arbiter miał wrażenie, że znajduje się w wielkiej hali sportowej w trakcie światowych mistrzostw hokeja na lodzie. Na wolnym powietrzu poczuł się jak rasowy pies, który wyczuł krwawy trop zwierzyny i gotów jest ścigać ją do upadłego. Oprócz sędziowania, Orlando uwielbiał polowanie z psami. Kochał zwierzęta.

– Nie dam się zagryźć – rzucił nonszalancko w twarz Szczerbatego, który zaskoczony niespodziewanym wyznaniem, szeroko otworzył oczy. Sędzia dojrzał w nich zdumienie dziecka, w którym nowość doświadczenia łączy się z podziwem dla nieograniczonych zdolności dorosłego człowieka.

– Albo oni mnie zagryzą, albo ja ich. Wybieram to drugie! – Sędzia złożył szaloną deklarację. Nie krępował się ujawnić wobec nowego asystenta najgłębszych myśli i dać upustu wprost zwierzęcej determinacji. Czuł w trzewiach to, co widział i słyszał. To był sens jego życia. Był jak dwudziestolatek, przed którym rozbiera się ponętna dziewczyna, budząc w nim gorącą nadzieję odkrycia tajemnicy życia.

Podniecony głos pomagiera wyrwał Sędziego ze stanu uniesienia. Skoncentrował się.

– W głębi równiny po prawej stronie jest najwięcej akcji. Czy widzi pan, panie sędzio, tego niskiego, krępego faceta na czarnym koniu? – Szczerbatemu udzieliło się napięcie rozwijających się działań. Mówił szybko, wskazując ręką miejsca zdarzeń.

– Widzę doskonale! – zakomunikował Sędzia po przyłożeniu lornetki do oczu. – Siedzi mocno w siodle, ma okrągłą głowę i krótkie siwe włosy.

– Zgadza się! – potwierdził entuzjastycznie Szczerbaty. – To Leon Garolis, przywódca największej partii opozycyjnej, Nowych Kreacjonistów. Jest najostrzejszym i najmniej przewidywalnym politykiem – relacjonował tonem biegłego sprawozdawcy sportowego. – Proszę się mu przyjrzeć, to kluczowa postać igrzysk.

Sędzia podregulował ostrość lornetki. Teraz mógł widzieć zawodnika i konia ze wszystkimi szczegółami. Na obserwację poświęcił chwilę czasu. Mruczał po cichu spostrzeżenia, jakby chciał je zapamiętać.

– Klasyczny strój do gry w polo: koszulka z krótkim rękawem w kolorze granatowym z białym pasem pośrodku. Jakaś dziwna ta... – Sędzia przyjrzał się uważniej i ku swemu zdumieniu zauważył błyszczący czarny napierśnik nałożony na koszulkę polo. Nie umiał wytłumaczyć sobie tego faktu, nie miał jednak czasu zastanawiać się nad niezwykłym dodatkiem do sportowego ekwipunku. Strój zawodnika uzupełniały białe spodnie wpuszczone w wysokie czarne oficerki, ochraniacze na kolana, kask spięty paskiem pod brodą oraz elastyczny kij w dłoni ubranej w skórzaną rękawicę. Jeździec swobodnie machnął nim kilka razy, sprawdzając lub demonstrując jego wagę, długość i grubość uchwytu.

Siodło umocowane na kolorowej derce skłoniło Sędziego do zwrócenia uwagi na zwierzę. Był to ogier maści czarnej jak smoła, z ogonem splecionym w oryginalny warkocz podwiązany w dwóch miejscach oraz białymi skarpetkami z czarnym paskiem obejmującymi nogi powyżej pęcin. Rasowy koń, profesjonalny strój i solidny kij w ręku dawały Garolisowi poczucie pewności i siły.

– On chce wygrać! To ewidentne – Sędzia zwrócił głowę w kierunku Szczerbatego, aby podzielić się obserwacjami. To, co widział, zachwyciło go. Nade wszystko cenił wolę zwycięstwa u zawodników.

Asystent nie dał mu szansy dokończenia opisu. Akcja była dla niego ważniejsza niż ubiór zawodnika. Ucieszył się, kiedy w myśli użył określenia „zawodnik" zamiast Garolis, facet, prezes lub coś podobnego. Spełniał w ten sposób postulat Sędziego dotyczący stosowania terminologii sportowej, a nie „cywilnej".

– Jesteśmy na stadionie, a nie na wiecu politycznym, w parlamencie czy w pubie. Sport ma swój język i musi pan go używać – Sędzia dobitnie określił swoje oczekiwania lingwistyczne po zaprzysiężeniu asystenta.

– Proszę teraz uważnie obserwować, co się dzieje. Garolis wyraźnie kieruje swoją drużynę i sojuszników na przeciwnika. Jest nim Słabosilny, pseudonim Tasak, premier rządu. – Oczy Szczerbatego nabrały blasku w obliczu żywo rozwijającej się akcji.

– Rozumiem i dziękuję! – Sędzia był zachwycony treściwą relacją. – Niech pan relacjonuje mi teraz, czy nie popełniają jakichś wykroczeń przeciw regulaminowi i etyce sportowej. To najważniejsze! *À propos*, jak pan ocenia drużynę Garolisa i szansę jej wygrania? Pytam z czystej ciekawości, ponieważ nie wolno mi sugerować się prognozami, kto wygra, a kto przegra.

– Partia Garolisa jest zorganizowana na wzór wojska. Kiedy mówi dowódca, to wszyscy biorą mordę w kubeł i słychać tylko trzaskanie obcasami. Utrzymuje żelazną dyscyplinę. Kto się z nim nie zgadza, ma totalnie przerąbane. Ale żołnierze go miłują. Przepraszam, mówię jak rekrut, który pierwszy raz znalazł się w koszarach. Miałem na myśli: zawodnicy go miłują. Ma w sobie jakiś nieodparty urok. Równocześnie boją się go jak ukochanego ojca, który wypił jedno piwo za dużo – mężczyzna odpowiedział jak potrafił najlepiej na trudne pytanie, gdyż nie miał jeszcze wyrobionego zdania na temat szans zwycięstwa.

– Lubi zaglądać do kufla?

– Ależ broń Boże! Skorzystałem tylko z takiego porównania. Nie pije, nie pali, nie używa. To stary kawaler, trochę nieokrzesany, a może nawet i gburowaty, ale w czepku urodzony. Ma talent przywódcy, kocha zwierzęta, nocne podchody z pochodniami i przemawianie. Dla ludzi jest surowy, szczególnie dla przeciwników.

– A dla swoich? – Sędzia nie odrywał oczu od pola wydarzeń.

– Też. Ci z jego partii, którym zachciało się analizować sprawy przegranych kampanii wyborczych lub sposób ich prowadzenia, teraz zamiast słonych paluszków z frustracji obgryzają sobie nawzajem paznokcie. Żal mi ich, żyją odosobnieni i zapomniani. Nawet Ojciec odmawia im posługi.

– Ojciec? Czyj ojciec?

– To tylko pseudonim. To bardzo religijna i bajecznie bogata osobistość. Tak, właśnie osobistość – głos i oczy Szczerbatego świadczyły o powadze oświadczenia oraz szacunku dla tajemniczej osoby Ojca. – Prawdziwy krezus – kontynuował. – Uniwersytety, stocznie, wytwórnie filmowe, świątynie, złoża gazu, stacje radiowe i telewizyjne, nieruchomości, inwestycje bankowe. Wiele od niego zależy w tym kraju. Fascynuje go wielka polityka, choć temu zaprzecza.

– Czy on tutaj jest?

– Oczywiście. To ostatnia rozgrywka w tym sezonie. Jego formacja, przepraszam, drużyna – poprawił się – stoi obok Kreacjonistów. Nie z nimi, ale obok. Ojciec jest zdecydowanym zwolennikiem neutralności Kościoła w sprawach politycznych i społecznych, ale popiera postępowe inicjatywy. To człowiek obdarzony przywilejami przez samego Pana Boga.

Sędzia przesunął lornetkę na ojcowską drużynę. W oczy rzuciły mu się wielkie hasła na chorągwiach, transparentach i plakatach. Po chwili zauważył je także na koszulkach zawodniczek i zawodników: „Nic o nas bez nas!", „Bezbożnicy na szafot!" oraz „Kup cegiełkę na dożywianie kleryków!".

– Widzę tam głównie niewiasty w wieku późnomatrymonialnym. Czy takie zawodniczki wytrzymają kondycyjnie podczas rozgrywek? – zaniepokoił się Sędzia. – Wolałbym nie słyszeć wycia syreny pogotowia ratunkowego ze względu na czyjś zawał serca.

– Ich trenerem jest sam Ojciec – kontynuował Szczerbaty, pomijając uwagi Sędziego o kondycji i karetkach. – W jego drużynie grają tylko ochotniczki i ochotnicy. Ich sprawność i waleczność można porównać jedynie z komandosami. Prowadzą ascetyczne życie, skromnie się odżywiają i co najmniej trzy razy dziennie modlą się o zwycięstwo nad szatanem i siłami nieczystymi.

– Co pan plecie o szatanie i siłach nieczystych? To jakieś zabobony! – Sędzia odsunął lornetkę od oczu, aby zaprotestować.

– A skądże! – Szczerbaty nie pozostał dłużny w tonie wypowiedzi. – Pod tymi nazwami kryją się realne siły i osoby: premier, rząd, Partia Ewolucjonistów. Gdyby Bóg wysłuchał te pobożne kobiety, już dawno bylibyśmy bez rządu. Bóg widocznie zdecydował się zachować neutralność. „Dajcie mi spokój" – tak powiedział pewnemu mistykowi, który go prosił o wsparcie. Bóg ukazał mu się we śnie. Chodzi o takiego siwego aktywistę z ptasią głową z Nowych Kreacjonistów. Może pan nawet o nim słyszał, panie sędzio. Nazywa się Antoni Zachariasz. Jest naprawdę nawiedzony.

Czy to nie cudowne? W parlamencie mamy kilku mistyków i proroków oraz im podobnych – Szczerbaty rozgadał się tak, jakby za chwilę Stwórca miał odebrać mu język. Popatrzył na Sędziego. Widocznie wyczuł, że gadatliwość nie jest u niego w cenie, gdyż dodał usprawiedliwiająco: – Rozpuściłem język jak ta elokwentna staruszka, co trafiła na targ po miesiącu błąkania się po lesie. „Jeść to masz co i z głodu nie umrzesz, ale z drzewami to się nie nagadasz". Tak dokładnie powiedziała – wyłuszczył asystent.

– Co jeszcze powie mi pan o drużynie Ojca? To znacząca siła, jak się domyślam? – spuentował Sędzia, odrywając lornetkę od oczu. Zadał pytanie, aby przerwać wartki tok mowy asystenta i skierować uwagę na sprawy bardziej znaczące niż powrót staruszki z lasu.

– Mówi pan „Ojciec". Jego prawdziwe nazwisko to Jadalny. Niektórzy nazywają go nawet Dziadkiem Jadalnym, bo trochę się ostatnio zestarzał. Nabrał ciała, brzuch mu wydoroślał, ale on sam pozostał czerstwy jak skórka świeżo wypieczonego, razowego chleba. Lubi pan chleb razowy, panie sędzio? – zapytał politolog ni od Sasa, ni od lasa.

Sędzia nie raczył zareagować na prymitywną zaczepkę, wobec czego Szczerbaty kontynuował opowiadanie. – Ojciec Jadalny zaczął tyć od czasu, kiedy odbył podróż do Chin i zobaczył, że im wyższa pozycja mężczyzny w społeczeństwie, tym więcej musi mieć ciała. Najlepszym przykładem jest mandaryn, wysoki rangą urzędnik cesarski, którego obfite kształty można podziwiać na rycinach, obrazach i rysunkach w Muzeum Narodowym. – Szczerbaty kontynuowałby zapędy drobiazgowego objaśniania przyczyn otyłości Ojca, gdyby nie iskry irytacji, a następnie wściekłości, jakie pojawiły się w oczach rozmówcy.

– Co pan mi tu będzie opowiadać historie o mandarynach chińskich, kiedy ja pytam o drużynę Ojca i tylko tym jestem zainteresowany! Proszę trzymać się tematu i nie robić niepotrzebnych dygresji. Pan nie jest wykładowcą sinologii, a ja studentem, który z zapartym tchem chłonie treści płynące z pańskich złotych ust ujawniających prawdy bliskie tylko historykom i lekarzom. – Twarz Sędziego zaczerwieniła się, a w kącikach ust pojawiły się drobiny śliny, które w pośpiechu wytarł chusteczką.

Asystent w oka mgnieniu pojął i przyjął reprymendę. Reakcja Sędziego nie wzbudziła w nim wątpliwości. Nie miał mu za złe, że zbeształ go jak sztubaka.

– Mam już swoje lata, a popełniam kretyńskie błędy. Pozwalam sobie na chlapanie językiem wtedy, kiedy chodzi o czas, treść i rzeczowość – błyskawicznie podsumował sytuację. – Przepraszam, panie sędzio, za niepotrzebną dygresję. – Szczerbaty spojrzał mu prosto w oczy, aby nie pozostawić wątpliwości co do szczerości swoich słów. – Członkowie drużyny Ojca to w większości kobiety – podjął natychmiast temat, aby zatrzeć złe wrażenie. – Wszystkie dochody, jakie otrzymują, z czcią oddają Ojcu, aby przeznaczył je na nawracanie niewiernych. Organizuje krucjaty, głównie medialne. To bardzo postępowy człowiek – uzupełnił rzeczowo politolog. – Umie wykorzystać radio, telewizję, Internet i inne nowoczesne media, aby szerzyć prawdę, której każdy wierzący człowiek łaknie jak emerytowany magazynier zimnej wody po kacu. Potrzeby finansowania krucjat motywują zespół do osiągania coraz lepszych wyników.

– Zaraz, zaraz… – zaoponował Sędzia. – Przecież krucjaty są zakazane przez konstytucję i Wielkiego Brata Ruro.

Szczerbaty spojrzał na rozmówcę spode łba, a na jego twarzy pojawił się wyraz niechęci. Nie mógł uwierzyć, że człowiek na stanowisku może być takim ignorantem. Podniósł wskazujący palec do góry w geście ostrzeżenia.

– Proszę uważać, co pan mówi, panie sędzio. Ojcu nikt niczego nie może zakazać. To człowiek nieograniczonych wpływów i władzy. Robi i mówi, co chce. Jest nieustraszony w głoszeniu prawdy. Kiedyś to nawet żonę cesarza Abisynii wyzwał od czarownic. I co? I nic. Nikt nie powiedział mu nawet marnego słowa. Wszyscy odcięliby się od takiego krytyka jak zmęczony wisielec od źle nasmarowanego sznura.

– No dobrze – Sędzia zdecydował się zmienić temat, aby przerwać kolejną tyradę. – A ta druga partia? Ta, która jest przy władzy? No... Jak oni tam się nazywają? Partia Ewolucjonistów! Co to za ludzie? Czy ich przywódca, Słabosilny, też trzyma ich za mordę? Pseudonim Tasak wskazywałby, że może to być ostry facet.

– A skądże! On nie używa takich wyrazów jak „morda"! Nawet ich nie zna. Sam może go pan zobaczyć. To ten szczuplak z piłką w ręce i z opaską kapitana drużyny Ewolucjonistów. O, tam po lewej stronie.

– Zaraz, zaraz. Ten w krótkich spodenkach w granatowe pasy?

– Trafił pan. To premier Leon Słabosilny. Pseudonim Tasak jak ulał do niego pasuje, ale tylko wtedy, kiedy facet się wkurzy. Bo tak to działa i mówi, jakby miał na ustach aksamitne rękawiczki. Taki też ma głos i usposobienie. Kieruje Ewolucjonistami jak przyjazny naukowiec, który wierzy w wolny rynek oraz Wielkiego Brata Ruro. Jest jednak skuteczny, choć małomówny. Niestety, ma także słabości, które Garolis i jego ludzie bezlitośnie obnażają i krytykują na każdym kroku.

– O, to ciekawe. Jakie to są słabości?

– Ubóstwia budować i odnawiać. Wszystko, co mu wpadnie pod rękę: boiska, wiadukty, autostrady, dworce kolejowe i autobusowe, przedszkola, żłobki, ścieżki dla rowerzystów, dróżki w lasach i mostki nad strumykami.

– Ludzie muszą go za to cenić – zawyrokował Sędzia.

– Nie tak bardzo. Bo i po co komu to wszystko? Koleją nikt już nie jeździ, do czego więc ludziom piękne dworce. Kulturalnych podróżnych i artystycznie wyrobionych to oczywiście cieszy. Kiedy pociąg spóźnia się pięć godzin, mają czas delektować się bajecznymi freskami na ścianach dworca, dokładniej przyjrzeć się historycznej płaskorzeźbie drzwi wejściowych, zrobić sobie kilka zdjęć studyjnych na tle weneckich okien albo zanurzyć się duszą i ciałem w luksusowym wnętrzu pałacu dworcowego. Słabosilny jest jak Kazimierz Wielki, co to zastał Polskę drewnianą, a zostawił murowaną. Ale wielu obywateli i tak go nie znosi. Za mało rozdaje pieniędzy. Ludzie lubią, jak premier ma gest. Niewielu zresztą go zna, bo w telewizji pokazuje się jak malowane jajko wielkanocne. Raz w roku.

– Może jest nieśmiały? Choć to mało prawdopodobne u polityka. A może nie lubi zajmować ludziom czasu bajkami, które każdy premier ma do opowiedzenia? Stara się być umiarkowany i niepotrzebnie nie narzucać się społeczeństwu. A może uważa, że są rzeczy ważniejsze niż występowanie w telewizji – uczenie spekulował Sędzia.

– Bardzo ciekawe sugestie. Kłopot w tym, które z nich są prawdziwe. – Asystent popatrzył na szefa z uznaniem. Ale tu chyba nie o to chodzi – zawyrokował. – Wielu ma mu za złe, że jest miękki wobec Garolisa jak jajko gotowane dwie minuty. Garolis napada na niego przy każdej okazji, jeździ mu po głowie jak kosiarką po trawniku i obrzuca oskarżeniami ostrymi jak brzytwa. I nie ma znaczenia, czy rząd zrobił coś dobrze, czy źle. U niego wszystko jest złe w pracy rządu, akuszerek na działach porodowych, prezydenta, urzędników państwowych i kolejarzy. Rzeczywistość jawi mu się w jasnych kolorach tylko na zdjęciu z delegacją plemienia Tubu-Tubu w noc topienia Marzanny na rzece Zambezi. I proszę sobie wyobrazić, panie sędzio, że strategia „czarnej nocy" przynosi mu niezłe wyniki w sondażach poparcia społecznego dla partii politycznych. A wie pan dlaczego?

– Nie zastanawiałem się nad tym, więc nie będę ośmieszać się zgadywaniem. W polityce jak w sporcie, lepiej zapytać niż zgadywać.

– Otóż... – przyciszonym głosem zaczął Szczerbaty, po czym rozejrzał się na boki, spojrzał na stadion, gdzie chwilowo nie działo się nic godnego uwagi i pochylił konfidencjonalnie ku Sędziemu. – Jego popierają ludzie wzruszająco prości, którzy winią rząd za niedostatek, zagubieni, szukający zbawiciela w zasięgu ręki, zmęczeni, wolący słuchać opowiadań niż poczytać gazetę oraz ludzie pragnący wodza, co to jak wulkan grzmi przekleństwami i rzuca obietnicami niczym gorącą lawą. Nie brak wśród nich także wierzących w cuda, dziwy i kataklizmy wywołane przez siły nieczyste.

– Co pan mówi? Toż to będzie połowa kraju! – Sędzia nie przyjął rewelacji do wiadomości. – O ile znam rzeczywistość... – zastrzegł się z ostrożności.

– Dojście do takiej sytuacji, panie sędzio, to pół historii naszego pięknego kraju – westchnął asystent, łapczywie chwytając powietrze w zmordowane płuca.

Sędzia pokiwał głową.

– Powinien pan pisać książki, panie kolego, ma pan dar obserwacji oraz łatwo obraca pan językiem. Z uwagą pana wysłuchałem, ponieważ jest teraz spokój na stadionie i uznałem, że czas zrelaksować się w atmosferze rozmowy miłej sercu jak letnia bryza. Zaskoczę pana i dodam coś od siebie.

– Słucham z najwyższą ciekawością! – wyrzucił z siebie Szczerbaty, mile połechtany tytułem „panie kolego" i zaintrygowany tajemniczą obietnicą Sędziego. Patrzący z boku mógłby powiedzieć, że słuchacz wpił się wzrokiem w usta sędziowskiego majestatu, gdyby nie brzmiało to przesadnie i odrobinę brutalnie.

– Otóż spotkałem niedawno człowieka, który nazwał rząd złodziejami i łajdakami. „Jaki jest powód pańskiej odrazy wobec rządu?" – zadałem mu pytanie. „Każdemu rządowi obywatele zarzucają, że kradnie, oszukuje, rozrzuca pieniądze i jest skorumpowany. Nie znaczy to, że jest to prawdą w stu procentach. Procentowo miara nikczemności rządzących może być pokazana na palcach jednej ręki, no może i drugiej, jeśli jest to osoba jednoręczna" – tłumaczyłem. – „Myli się pan. Ja swoje wiem i dlatego nie płacę tym złodziejom podatków" – energicznie zaprotestował mój rozmówca, opierając swe przekonania i odmowę płacenia podatków na argumencie: „Ja swoje wiem". Zapytałem go wtedy – kontynuował Sędzia – czy niepłacenie podatków nie jest przypadkiem atrakcyjnie ubraną formą złodziejstwa. Kto nie płaci podatków, nie okrada rządu, tylko budżet państwa, który lepiej czy gorzej, ale finansuje szkolnictwo, opiekę medyczną, naprawę i budowę dróg, administrację i policję. A także płaci zasiłki dla bezrobotnych.

– No i co pan usłyszał w odpowiedzi? – niecierpliwie ponaglał asystent.

– Nic. Po prostu nic. Miałem wrażenie, że ten człowiek przypomniał sobie nagle, że milczenie jest złotem. Spotkałem go przypadkiem kilka godzin później. Usiłował mi wtedy wytłumaczyć, że nie mam najmniejszego pojęcia o polityce. Nie było to miłe spotkanie. Odchorowałem je.

Szczerbaty uznał, że pytanie o szczegóły byłoby niedyskrecją.

8

Akcja na stadionie rozwijała się równocześnie w kilku miejscach. Zapoczątkowały ją utarczki harcowników połączone z okrzykami, oskarżeniami i wyzwiskami. Byli to zawodnicy reprezentujący sporty konne, którzy poczuli się rycerzami demonstrującymi dumę zawodową i pogardę wobec przeciwnika, a może nawet i śmierci. Inicjatywę od początku przejęła drużyna Garolisa.

– Bluźniercy! Kłamcy! Oszuści! Bezbożnicy! Mordercy! – wyzwiska i kalumnie padały gęsto jak pociski pod adresem Ewolucjonistów.

Ci odpłacali Kreacjonistom pięknym za nadobne, miotając w nich definicjami poziomu wiedzy, charakteru i pobożności, a nawet terminami zoologicznymi: Nieuki! Prostaki! Dewoci! Barany!

– Co to za dziwne określenia, którymi posługują się zawodnicy? – indagował zdezorientowany Sędzia. – Co one symbolizują? Znam sporo wyzwisk, niektóre całkiem brutalne. Słyszałem je na stadionach, ale są zupełnie innego rodzaju. Sędzia-kalosz, złamas, żabol, wiśnia, drwal, platfus to są określenia uniwersalne, którymi widzowie obrzucają zawodników, sędziów i trenerów. Niech mi pan to wyjaśni. Muszę znać język tutaj używany, aby lepiej rozumieć zachowania zawodników. – Sędzia energicznie poruszał ręką w takt padających słów. Jego mowa i ruchy zgrabnie łączyły się w skuteczną formę przekazu.

Asystent pośpieszył z wyjaśnieniami:

– Linia podziału między tymi partiami ma charakter głównie religijny i ideologiczny. Kreacjoniści wierzą, że Bóg stworzył ich po to, aby kreowali nowy, lepszy świat, gdzie ludzie będą szczęśliwsi. Nie wiadomo jednak w jaki sposób, skoro są przeciwni rządowi, sąsiadom, aborcji, zabiegom in vitro, eutanazji, homoseksualistom, lesbijkom oraz lataniu samolotami rządowymi.

Sędzia pragnął pociągnąć temat samolotów, lecz jego uwagę przykuła nowa fala akcji ofensywnych. Harcownicy wyraźnie szukali zbliżenia. Zupełnie jak w boksie, przemknęło mu przez myśl. Najlepiej sprawdzali się starsi zawodnicy. Siwiutki staruszek o twarzy drapieżnego ptaka podjechał na wypasionym koniu do linii Ewolucjonistów i pełen wzburzenia wrzasnął przeraźliwym głosem:

– Oddajcie nam nieboszczyków!

Jego przyboczny, służący za łącznika z przywódcą Kreacjonistów, życzliwie podpowiedział:

– Panie Zachariaszu, nie należy mówić nieboszczyków, tylko zmarłych.

– Dlaczego? – warknął starzec, przechylając się w kierunku młodego doradcy. – Przecież krzyczę po polsku!

– Ze względu na szacunek, jaki im się należy!

Dziarski staruszek widocznie wziął sobie pouczenie do serca, gdyż przy kolejnym podjeździe wycelował palcem jak lufą karabinu w premiera Słabosilnego i ryknął oskarżycielskim głosem:

– Ty morderco! Oddaj nam zmarłych nieboszczyków!

Stawiając żądanie, miał minę orła, który po zjedzeniu nieświeżej żaby chce ją wyrzygać na widok wypasionego królika.

Mimo wstrząsających okrzyków i oskarżeń łza zakręciła się w oku Sędziego. Nie był w stanie powstrzymać wzruszenia. Przypomniała mu się długotrwała wojna La Violencia między Partią Konserwatywną a Partią Liberalną w Kolumbii, kiedy strony mordowały się nawzajem w bratobójczych walkach. Mimo okrucieństwa, Sędziego oczarował szczególny stosunek stron do pomordowanych przeciwników, których nazywano pieszczotliwie „truposzkami". Zapamiętał hiszpańskie słowo *muerticos*.

– Ludzie potrafią zachowywać pozytywne uczucia wobec bliźniego nawet w trakcie bratobójczych walk – doszedł do wniosku. To odświeżyło jego wiarę w człowieka. Ze wzmożonym zainteresowaniem zaczął obserwować poczynania drużyn na boisku.

Masy ludzkie falowały na murawie, gdzie niedawno jeszcze rozciągały się niezagospodarowane ugory. Ich ruchy wydawały się nie podlegać żadnym zasadom, porządkowi czy myśli. W pewnym momencie ustabilizowały się naprzeciwko siebie dwa wyraźne fronty. Liczebniejszy stanowili zwolennicy Partii Ewolucjonistów. Zbili się w gromadę jak pszczoły, które wyrwały się z ula na wolność i stworzyły owalny kształt zwijający się i rozwijający w oczekiwaniu okazji odlotu lub ataku.

Naprzeciwko drużyny Ewolucjonistów, choć w znacznej odległości, można było dostrzec dumną postać Garolisa przyrośniętego do masywnego konia. Jeździec wyglądał na lekko wstawionego: dyszał z żądzy rozprawienia się z dozgonnym przeciwnikiem Słabosilnym i jego poplecznikami. Garolis przemówił do swoich ludzi krótko i rzeczowo. Ruszyli w ślad za nim. Po drodze wydawał komendy, korzystając z mikrofonu zamocowanego przy ustach. Szybko wysforował się do przodu i nabierał impetu. Pędził wprost na największe zgrupowanie przeciwników, którzy przerażeni zaczęli uciekać we wszystkich kierunkach w blasku słońca wychodzącego właśnie zza chmur. Intensywne promienie uderzyły w twarz jeźdźca, który podniósł lewą rękę ku oczom i opędzał się od nich jak od owadów.

– On chyba oszalał! Niech pan szybko popatrzy, co on robi! – Sędzia wezwał asystenta do działania, wyciągając rękę z lornetką.

Ten chwycił ją obiema rękami i przyłożył do oczu. W jednym momencie dostrzegł szalone zachowanie jeźdźca i aż jęknął z wrażenia.

Kiedy Garolis znalazł się nie więcej niż dziesięć metrów od przerażonych Ewolucjonistów, ci nagle rozstąpili się na boki jak Morze Czerwone przed Mojżeszem i jego współplemieńcami. Zanim jeździec się spostrzegł, wyrósł przed nim masywny, sprytnie zakamuflowany szary mur. Kątem oka Garolis dostrzegł okazałą, ściętą w połowie sosnę osłaniającą się konarami jak przed oczekiwanym ciosem. Była podobna do starego człowieka. Szarżujący na kilka sekund stracił zdolność koncentracji.

– To podstęp! – ryknął przerażającym głosem dobytym z głębi piersi. Wystarczył jeden moment nieuwagi i jeździec wraz z koniem z impetem wbili się w mur. Chwilę tkwili przyklejeni do wilgotnego i na szczęście miękkiego jeszcze betonu, po czym odpadli od niego jak nasączone wilgocią dwa wielkie liście.

Koń i jeździec zintegrowani niby rzeźbiarz-artysta ukształtowali materię, która wkrótce przeszła do historii pod nazwą „Pomnika". Tysiące osób z napięciem śledziło dramat rozgrywający się na stadionie. W pierwszym momencie zapadła martwa cisza, aby za chwilę wybuchnąć wrzawą zawodzeń, wołań i okrzyków. Ci, którzy znajdowali się dalej, pytali, co się stało, inni dawali upust pogardzie i nienawiści wobec autorów podstępu. Jeszcze inni głośno radowali się mniemając, że Garolis stracił życie.

Niektórzy z obecnych nie uwierzyli własnym oczom. Nie wiadomo dlaczego to, co zobaczyli, uznali za wizję, alegorię, scenę, która nie miała i nie mogła mieć miejsca. Uznali zdarzenie za wytwór wyobraźni, który dopiero może się ziścić i stać się kolejnym objawieniem w kraju, gdzie prorocy wyrastają z gleby jak grzyby po deszczu.

Świadkowie po obydwu stronach barykady politycznej jednocześnie poznali tajemnicę zderzenia żywej materii z martwą. Mały, tęgi jeździec o bladej twarzy i zmęczonych oczach na własnej skórze poczuł i ostatecznie zrozumiał zapisane mu przeznaczenie. Ból i żal mieszały się w nim z niebem przetykanym szarością i czernią, z których przez lata szył sobie paradne garnitury.

Na murze pozostały wyraźnie odciśnięte kształty głowy konia i jeźdźca. Próba uniknięcia przeszkody przyniosła nieoczekiwany efekt. Obydwie głowy ujęte były z profilu a nie *en face*, przez co płaskorzeźba nabrała oryginalnych kształtów i urody artystycznej. Na pierwszym planie widoczny był łeb konia, a zaraz za nim, jakby przyrośnięta do grzywy, ludzka głowa. Forma, proporcje i perspektywa były idealne. Beton jeszcze dostatecznie miękki i elastyczny stanowił idealne tworzywo twórcze. Nieudany podstęp Ewolucjonistów okazał się rewelacyjny w skutkach. Płaskorzeźba swym pięknem dorównywała najwspanialszym reliefom starożytności znanym w kraju.

❖

Garolis powstał z ziemi i zbliżył się do muru, trzymając konia za uzdę. Z wielką uwagą zaczął studiować dzieło, w którego powstaniu, zintegrowany z wiernym zwierzęciem, odegrał rolę modela, o którym nawet nie śnił. Początkowo przywódca Nowych Kreacjonistów nie był pewien, jaki powinien być jego stosunek do rzeźby. Niedowierzanie i niepewność mieszały się w nim z niechęcią, a nawet wrogością. Po chwili głębokiej zadumy zdał sobie sprawę, że nie ma powodu do niepokoju i negatywnych uczuć. Wręcz przeciwnie, powinien rozwinąć w sobie poczucie dumy i radości. Tak też uczynił: był przecież autorem, wykonawcą i główną postacią pomnika. Stał się bohaterem dnia.

W duchu, ale tylko w duchu przyznał, że było to zwycięstwo *ex aequo* z koniem. Był gotów zachwycić się niezwykłym dziełem jednoczącym człowieka z koniem na wzór Centaura, gdyby nie pewien niepokojący szczegół: klapka na oku konia w momencie zderzenia się z murem przesunęła się do tyłu i znalazła na wysokości oka jeźdźca, przez co on, Garolis, przywódca Nowych Kreacjonistów, wyglądał jak pirat z przysłoniętym jednym okiem. Próbował zeskrobać paznokciem drażniący ślad klapki z muru, ale okazało się to niemożliwe.

– To nic! Zrobię to przy najbliższej okazji, kiedy będzie luźniej i będę mieć więcej czasu – zdecydował i odstąpił na bok. O tym, że usunięcie klapki z oka ma sens, przekonał się chwilę później. Przechodzący przed pomnikiem ludzie głośno wyrażali opinie i komentarze:

– Popatrz, zawsze mi się wydawało, że on ma klapki na obydwu oczach, a tu się okazuje, że tylko na jednym! – rzucił w kierunku swego towarzysza młodzieniec w koszulce sportowej, spodenkach i pantoflach piłkarskich.

– Chyba zabrał ją koniowi! – uzupełnił drugi, po czym obydwaj zaczęli histerycznie rechotać i bić się pod udach.

Garolis zignorował niedorzeczny komentarz oraz irytujący sposób zachowania młodych ludzi. Domyślał się, jakiej są orientacji politycznej, choć ich sportowy ubiór nie wskazywał na żadną partię. Mimo uszczypliwości losu i zwykłej ludzkiej złośliwości, Garolis poczuł się szczęśliwy. Z chwilą osiągnięcia nieoczekiwanej nirwany nic nie było w stanie wyprowadzić go z równowagi. Był bohaterem. Z jasnym obliczem zwrócił się do towarzyszy partyjnych, którzy z opóźnieniem przyłączyli się do niego pełni obaw, czy w ogóle przeżył. Niezmierna ulga pojawiła się na ich twarzach ogorzałych na wiecach, demonstracjach, w salach i na salonach dyskusyjnych oraz w parlamencie, kiedy zobaczyli wodza nie tylko cieszącego się zdrowiem, ale i w znakomitym nastroju. Na twarzy Blaszki, wierniejszego niż pies konfidenta, pojawiły się łzy. Otarł je dyskretnie rękawem garnituru, aby publicznie nie okazywać uczuć wobec władcy, któremu cudem udało się zachować życie.

Mężczyzna był przekonany, że jego uczucia mogłyby być fałszywie zrozumiane i złośliwie interpretowane przez ludzi niskiego pokroju.

❖

Garolis odwrócił się tyłem do pomnika i przemówił. Pragnął, aby słyszano go wszędzie, także w miejscach oddalonych od punktu niezwykłego wydarzenia, mówił więc donośnym głosem. Jego poważne zachowanie zjednywało mu zwolenników. Prawie nie otwierał ust podobnie jak nauczyciel angielskiego z dawnych lat, sączył słowa jak napój przez słomkę i utrzymywał na twarzy stan znieruchomienia przypominający paraliż. Przyciągało to uwagę słuchaczy i ułatwiało zrozumienie jego wypowiedzi. Jego głos był mocny, potrafił być także kąśliwy, jeśli chodzi o przeciwników politycznych, którzy nie mieli pojęcia o patriotyzmie, prawdzie i rządzeniu krajem. Słowa mówcy wywoływały pozytywne wrażenie podobnie jak dzieło, które powstało kilkanaście minut wcześniej przy jego aktywnym udziale.

– To jest pomnik wykreowany w wyniku naszej nieprzerwanej walki o lepszą ojczyznę. Jest on symbolem łączącym nas z miejscami patriotycznych pielgrzymek i nocnych procesji. My, niepodrabiani patrioci, będziemy tutaj oddawać hołd bliskiemu zwycięstwu nad zakłamaniem i podłością rządzących.

Odpowiedział mu szalony, nieposkromiony ryk radości Nowych Kreacjonistów. W uszach przeciwników politycznych zabrzmiał on jak zgrzyt żelaza po szkle. Pułapka, starannie przemyślana i zachowana w najgłębszej tajemnicy przez Ewolucjonistów, przyniosła im w rezultacie ujmę na honorze zamiast ofiary z przeciwnika.

– Będą się teraz z nas nabijać ile dusza zapragnie – wymamrotał prominentny Ewolucjonista i padł na kolana. Chwilę szeptał coś niewyraźnie do siebie lub do podłoża a potem zwymiotował. Czuł obrzydzenie do własnej partii i jej przywódcy.

Tłumy uczestników igrzysk przesuwały się przed pomnikiem majestatycznie na podobieństwo najedzonego węża. W jednej chwili pomnik stał się symbolem walki Nowych Kreacjonistów o władzę, która tylko przez przypadek znalazła się w rękach niewłaściwych ludzi. Żywo komentowano jego oryginalność, genezę powstania i postacie. Tak, jak zróżnicowana jest natura ludzka, tak różne były komentarze. Wypowiedzi w rodzaju: „Aby coś takiego stworzyć, trzeba mieć łeb nie od parady!" „Toż to bracia syjamscy!" „Jacy oni są do siebie podobni„ albo „To najpiękniejszy dowód miłości człowieka do zwierzęcia od czasów świętego Franciszka z Asyżu" były godnymi pożałowania próbami degradowania znaczenia pomnika

9

Premier Słabosilny postanowił skorzystać z zamieszania, aby osobiście ocenić skutki wydarzenia. Zawodnicy drużyny ostrzegali go przed podjęciem tego kroku. Niektórzy nalegali nawet na ukrycie go gdzieś dalej od miejsca tragicznego zdarzenia. On jednak się uparł.

– Muszę obejrzeć dzieło opatrzności, które wydało wyrok na wroga numer jeden porządku społecznego – warknął zniecierpliwiony ostrzeżeniami przed konsekwencjami inspekcji.

Słabosilny zmierzał w kierunku pomnika w asyście dwóch mężczyzn okrutniej umięśnionych niż były gubernator Kalifornii, Arnold Alois Schwarzenegger. Zgromadziło się tam już wielu ciekawskich. Niektórzy robili zdjęcia, inni analizowali tłoczoną kompozycję muralną. Słońce świeciło tak intensywnie, że trzej mężczyźni zmuszeni byli osłaniać czoła albo mrużyć oczy, aby móc coś widzieć.

– Szkoda, że nie zabrałem okularów przeciwsłonecznych – napomknął premier. – Ale nie można w nich grać.

Przysłaniając oczy, żaden z nich nie zauważył, że w tłumie kryje się największy przeciwnik polityczny premiera. Garolis, zajęty wypisywaniem autografu na koszulce jednego z fanów, pierwszy dostrzegł swojego politycznego adwersarza i jak jastrząb rzucił się w jego kierunku. Nie wiadomo, kiedy znalazł się przy Słabosilnym i wymierzył mu siarczysty policzek. Głowa premiera aż odskoczyła na bok.

– Ty nędzna kreaturo! – wycedził napastnik przez zęby. – Chciałeś podstępnie mnie wykończyć, ale Bóg nade mną czuwał. – Powołanie się na istotę najwyższą miało – w jego przeświadczeniu – przekonać śmiertelnego wroga o bezsensowności zamachu.

– Bóg jest po naszej stronie, ty kanalio! – wykrzyknął premier, otrząsając się z ciosu i publicznego upokorzenia. Nie zamierzał pozostać dłużny. Zagrały w nim osobiste, polityczne i sportowe emocje, wywołując efekt podobny do wybuchu mieszkanki piorunującej.

Mężczyzna wyprostował się i wymierzył sprawiedliwość, kierując pięść w twarz Garolisa. Ten zatoczył się, oszołomiony klasycznym prostym i zuchwałością przeciwnika, którego uważał za niedołęgę polityczną bez charakteru. Zaskoczony podniósł rękę i dotknął nosa, gdzie odczuwał największy ból. Poczuł wilgoć i spojrzał na dłoń: była czerwona od krwi. Eksplodował wściekłością. Był w amoku, czuł szum i wielki zamęt w głowie.

– Wykończę cię! – zawył przerażającym głosem w kierunku premiera. Błyskawicznie sięgnął do pasa i spod skórzanej osłony wyrwał czarno połyskujący przedmiot. Był to rewolwer, broń rozpaczy i desperacji w rękach ambitnego polityka. Szaleństwo wyzierało mu z oczu, kiedy celował w nienawistny obiekt. Tylko cud mógł uratować premiera, ale było to tylko marzenie. Rozległ się strzał i mężczyzna na oczach tysięcy zawodników, sędziów, gości na honorowych trybunach, ekip porządkowych oraz licznych dziennikarzy, reporterów i operatorów kamer telewizyjnych, padł na ziemię jak rażony piorunem.

Zapadła grobowa cisza. Pierwsi zareagowali ochroniarze Garolisa, którzy bez zwłoki podjęli starania ukrycia go przed zemstą ze strony ludzi premiera.

– Zabierajmy go stąd – krzyknął dowódca ochrony osobistej. – Wokół na pewno są tajni agenci, bojówkarze, a może nawet i płatny zabójca wynajęty przez Ewolucjonistów.

– A co z koniem? – zaniepokoiła się tęga Kreacjonistka z warkoczem, w życiu zawodowym weterynarz zwierząt domowych. – Jeszcze te sukinsyny zechcą go zabić z zemsty!

– Odprowadź go gdzieś na bok. Najlepiej na parking, tam, gdzie są drzewa i cień. I daj mu pić. Zwierzę musi być zmordowane galopowaniem i zderzeniem z murem – przytomnie poradził ochroniarz.

Kobieta zręcznie chwyciła zwierzę za uzdę, poklepała przyjaźnie po szyi i biegiem udała się w kierunku przyczepy do przewozu koni. Widziała ją w drodze na stadion.

W miejscu tragicznego wydarzenia trwało nieopisane zamieszanie. Rozdzwoniły się telefony komórkowe. Ktoś gwałtownymi gestami ręki przyzywał wóz transmisyjny telewizji z kamerami na dachu.

W kierunku trybun dla gości honorowych, gdzie znajdował się prezydent, wybiegł z relacją o wydarzeniu jeden z ochroniarzy – świadek zbrodni. W ekipie premiera, do której dołączyli już ludzie wysłani przez szefa ochrony osobistej, ktoś wykrzykiwał do telefonu komórkowego szczegóły i miejsce wydarzenia, aby umożliwić natychmiastowy przyjazd pogotowia ratunkowego z aparaturą do reanimacji. Obok młoda kobieta zalewała się łzami i spazmatycznie zawodziła:

– Wezwijcie pogotowie ratunkowe! Wezwijcie pogotowie ratunkowe! – Machała przy tym rozpaczliwie rękami, aby w końcu wyszeptać przez łzy: – Boże... Boże... Ja nic nie mogę zrobić, bo wyczerpała mi się bateria w komórce.

Ofiara zamachu leżała na murawie bez znaku życia. Pochylało się nad nią kilka osób. W ich kierunku biegł już lekarz dyżurny igrzysk. Dwóch ochroniarzy ostrożnie przewróciło ciało, aby obejrzeć miejsca obrażeń. Zdumieni brakiem śladów krwi, prawie nie zauważyli słabiutkiego tiku nerwowego powieki oka człowieka, za którego odpowiadali własnym życiem. Mężczyzna wracał do życia jak chory po operacji, któremu zaaplikowano nadmierną dawkę środka znieczulającego. Nie podnosząc głowy ani nie wykonując żadnego innego ruchu, zapytał cicho:

– Co się stało?

– Jak to co? To pan żyje, panie premierze? – wydusił z siebie ochroniarz, osłupiały, jakby zobaczył ducha.

– Koszulka kuloodporna mnie uratowała. To było potężne uderzenie, natychmiast straciłem przytomność. Czuję ból w piersiach – słabym głosem relacjonował wracający do przytomności premier. Czuł się odrętwiały. – Niezły upominek zgotował mi ten czerep rubaszny – dodał pewniejszym głosem, przywołując na twarzy coś w rodzaju bolesnego uśmiechu.

– Co pan nazywa upominkiem? Strzał w pierś? Pan chyba oszalał! – wyrwało się ochroniarzowi.

– No, nie było tak źle. To był strzał w koszulkę kuloodporną, którą podarował mi premier Kuwejtu. Nie pamiętam jego nazwiska, było długie i trudne do zapamiętania. Mówił, że to najnowszy wyrób amerykański, o którym mało kto słyszał. No i potwierdziło się. – Premier uśmiechał się niepewnie, starając się podnieść o własnych siłach.

Kiedy stanął na nogi, otoczony przez pracowników ochrony rządu, na scenie pojawili się reporterzy i kamery telewizyjne. Wydarzenie było bez precedensu. Żadna stacja telewizyjna nie darowałaby sobie braku natychmiastowej transmisji. Człowiek z pierwszych stron gazet, który zginął na oczach tysięcy świadków i chwilę potem odrodził się jak feniks z popiołów, stanowił kąsek, który w życiu mass mediów pojawia się raz na sto lat.

❖

Sędzia miał już dosyć przepychanek, niesubordynacji i łamania reguł gry. Szalę przeważyło wydarzenie, którego nikt się nie spodziewał. Sędzia nie słyszał wymiany słów, ale widział doskonale brutalną napaść kapitana drużyny Nowych Kreacjonistów na kapitana drużyny Ewolucjonistów, bokserską reakcję napadniętego oraz nieudaną próbę zabójstwa w odwecie.

– Toż to najwyższa forma bezprawia na boisku! Czysty bandytyzm! Mało powiedzieć, że naruszono fundamentalne zasady fair play, na których opiera się sport od czasów starożytnych! – Sędzia włożył do ust gwizdek zawieszony na paseczku u szyi, nabrał w płuca powietrza i wtłoczył je z desperacją w narzędzie sportowej komunikacji. Dźwięk był tak przeraźliwie ostry, że stojący obok ludzie podskoczyli. Wszyscy patrzyli, co się stanie.

– Nic. Kompletny brak reakcji. Albo pana nie słyszeli, albo zignorowali! – relacjonował z przejęciem Szczerbaty. Krew w Sędzim zawrzała. Fale gorąca i zimna ogarniały go na przemian.

– Podaj mi syrenkę z żółtej torby! – krzyknął do Szczerbatego głosem nieakceptującym sprzeciwu. Ten posłusznie wykonał rozkaz. Twarz Sędziego wykrzywiała wściekłość. Wprawnie odciągnął na bok składaną rączkę i zaczął kręcić nią jak szalony. Ryk syreny wbił się jazgotem w uszy zawodników. Garolis i Słabosilny równocześnie odwrócili głowy w kierunku źródła niezwykłego dźwięku. Zauważyli Sędziego przyzywającego ich do siebie. Jeden i drugi wskazał ręką w kierunku własnej piersi, wyrażając tym gestem zapytanie, czy rzeczywiście chodzi o niego.

– Tak! – ryknął Sędzia w ciszy, która zapadła po niespodziewanym użyciu syreny. – Wy dwaj, proszę natychmiast do mnie.

Adresaci okrzyku usłyszeli niepozostawiające wątpliwości wezwanie. Teraz już bez wahania, każdy w przekonaniu, że został sprowokowany, posłusznie podeszli do Sędziego. Widzowie, zawodnicy, personel pomocniczy i telewidzowie zauważyli, że Garolis nie tylko doskonale jeździ konno, ale całkiem dobrze radzi sobie z chodzeniem. Dla wielu było to zaskoczeniem.

– Popatrz! A mówiłeś, że on ma drewnianą nogę – kobieta w berecie z wyrzutem zwróciła się do stojącego obok męża, który był zbyt zaabsorbowany, śledząc, co się dzieje, aby cokolwiek jej odpowiedzieć.

Operatorzy kamer telewizyjnych w pośpiechu nagrywali przemarsz w kierunku platformy sędziowskiej dwóch najbardziej rozpoznawalnych osobistości politycznych.

Rozmowa odbyła się w osiem oczu: Sędzia, Szczerbaty, którego w międzyczasie Sędzia mianował swoim zastępcą, oraz wezwani kapitanowie drużyn. Sędzia zatrzymał obu mężczyzn gestem ręki, kiedy znaleźli się u stóp platformy, aby przemówić do nich z pozycji władzy. Przechylił się przez barierkę i wygłosił swoją kwestię:

– Panowie! Doskonale znacie zasady gry i regulamin igrzysk. Mieliście ich przestrzegać. Jesteście kapitanami drużyn dwóch największych partii i powinniście dawać przykład innym. I co? – Sędzia obserwował stojących z napiętą uwagą. Czuł się w roli ojca karcącego dzieci dla ich własnego dobra i dla dobra rodziny.

Dwaj mężczyźni popatrzyli najpierw na Sędziego, a potem na siebie jakby pierwszy raz się widzieli. Uważnie, taksująco, trzeźwo, bez żadnej ulgi.

– Teraz proszę o uwagę. Obydwaj dostajecie po czerwonej kartce. Wprawdzie nie miałem możliwości osobistego ostrzeżenia was przed grą nie fair, ale wcześniej mówili o tym inni sędziowie. Co ważniejsze, podpisaliście deklarację, że znacie regulamin Sportowych Igrzysk Partii i Organizacji Politycznych i zobowiązujecie się go przestrzegać. Dlatego otrzymujecie czerwone kartki. Od mojej decyzji nie ma odwołania – był to głos ferujący polityczny wyrok śmierci.

Pierwszy otrząsnął się Słabosilny:

– Za co? – wykształusił niepewnie.

Był w szoku. Zupełnie nie spodziewał się takiego obrotu sprawy. Na jego lewym policzku pojawił się tik poruszający kącik ust. Premier zebrał się w sobie, aby dokończyć myśl:

– Za to, że ten tutaj... ten... typ uderzył mnie w twarz, a potem strzelał, aby mnie zabić? – Premier z trudem powstrzymał się od użycia mocniejszych słów na określenie brutalnej napaści.

– Nie. Za to czerwoną kartkę dostał kapitan Garolis – wyjaśnił Sędzia głosem niedopuszczający sprzeciwu. – Otrzymał ją za agresywność i rozbój z bronią w ręku na boisku, za danie fatalnego przykładu tysiącom, a nawet setkom tysięcy zwykłych ludzi, obserwujących sportową grę. Jest pan antytezą sportowca! – Piorunujące spojrzenie arbitra przeszyło kapitana drużyny Nowych Kreacjonistów. – A pan, kapitanie Słabosilny, zarobił czerwoną kartkę za zaplanowanie, stworzenie i ukrycie pułapki na boisku. Niebezpiecznej i mającej na celu eliminację kapitana przeciwnej drużyny, a następnie uderzenie go w twarz.

Szczerbaty uśmiechnął się szeroko z radości, że wreszcie znalazł się człowiek, który rozwiązał nierozwiązywalny problem. Prawdziwy Aleksander Wielki, jednym cięciem rozplątał węzeł gordyjski! Jego spontaniczny zachwyt ujawnił kolejny raz poważne ubytki zębowe dolnej szczęki. Nie przeszkadzało mu to. Gotów byłby oddać całą szczękę, dolną i górną, za taką chwilę i całować po rękach człowieka, który pierwszy spośród sprawiedliwych wydał wyrok skazujący.

Skąd on ma tyle siły i determinacji? – zastanawiał się Szczerbaty. Facet ma jaja, a nawet gdyby nie miał, to i tak na pewno ma charakter i wpływy – doszedł do niewzruszonego wniosku. Poczuł się głęboko zaszczycony rolą asystenta i zastępcy sędziego.

❖

Sędzia Orlando publicznie ogłosił decyzję na stadionie. Podniósł czerwoną kartkę i wskazał ręką Garolisa. Za chwilę powtórzył tę samą czynność w stosunku do Słabosilnego. Asystent sędziego dodatkowo poinformował o jego decyzji przez megafon. Była to ceremonia ascetyczna w formie jak wystąpienie teatralne mima, który nieoczekiwanie przemówił, krótko i treściwie.

Na stadionie eksplodowała bomba zachwytu i uniesienia. Wrzawa stała się ogłuszająca. Z trybun i z murawy stadionu, gdzie widzowie pojawili się jak grzyby po deszczu, z tysięcy gardeł popłynęły okrzyki:

– Brawo, sędzia! Precz z nieudacznikami! Sprawiedliwości stało się zadość!

W chwili kiedy wrzawa osiągnęła apogeum, dał się słyszeć odległy pomruk, a następnie grzmot. Niebo pociemniało, na krótko ukrywając przed tłumami słońce jak za czasów faraonów egipskich. W szale nieposkromionej radości nikt nie zwrócił na to uwagi. Jakie znaczenie ma niebo, kiedy na stadionie zapada werdykt o fundamentalnym znaczeniu dla sportu i całego narodu?

Decyzja Sędziego praktycznie zakończyła igrzyska. Przywódcy dwóch największych drużyn zostali usunięci z gry, w ślad za nimi wycofały się ich drużyny i zwolennicy. Ich werwa i motywacja spłonęły w jednej chwili jak proch na panewce. Pozostałymi drużynami mało kto się interesował, większości widzów przeszła chęć dalszego uczestnictwa. Tabuny ludzi ruszyły w kierunku parkingu. Niektórzy udali się w miejsce, gdzie urzędował sędzia Orlando.

Szpalery kibiców utworzyły drogę do pokoju sędziowskiego. Arbiter kroczył nią z podniesioną głową w towarzystwie zastępcy. Po obu stronach szpaleru padały okrzyki:

– Dziękujemy panu! Brawo, święty Jerzy!

Za plecami ludzi rozległo się namiętne wyznanie jakiejś kobiety:

– Kocham pana, panie sędzio!

Zawołanie „święty Jerzy" pojawiało się tak często, że Szczerbaty po chwili wahania zatrzymał się przy grupie rozentuzjazmowanych kibiców, aby zasięgnąć języka.

– Dlaczego nazywacie sędziego świętym Jerzym? Co to znaczy? – Nie śmiał pytać o to samego zainteresowanego, który mógłby się obrazić, świadomy wieloletniego doświadczenia i encyklopedycznej wiedzy Szczerbatego w dziedzinie politologii.

– Jak pan może o to pytać? To święty człowiek! On na naszych oczach pokonał smoka. Jest przedstawicielem ludu. Nas, szarych mas! Jest prawdziwym świętym. W imieniu nas wszystkich wprowadził w kraju porządek, którego nikt inny nie potrafił przywrócić.

Odpowiedzi kibiców oddawały nastrój mas, ale nie uzupełniły luki wiedzy asystenta o świętym Jerzym i jego związku z Sędzią. W rozwiązaniu dylematu chciał pomóc zakonnik w ciemnobrązowym habicie. Uniósł do góry rękę, sygnalizując chęć przedstawienia opinii. Szczerbaty skrzętnie skorzystał z nadarzającej się okazji. Miał o zakonnikach pozytywną opinię. Uważał ich za ludzi pracowitych, skromnych i rzeczowych.

– Czy wielebny ojciec zechciałby objaśnić dokładniej związek świętego Jerzego z panem sędzią, którego mam zaszczyt być asystentem i zastępcą?

– Niech żyje święty Jerzy! Niech żyje! – rozległy się owacje zagłuszające opinie osób inaczej myślących niż zwykły człowiek z ulicy. Asystent nie zdążył zaspokoić swojej ciekawości, gdyż grupa przepychających się kibiców oddzieliła go od źródła wiedzy w habicie.

Okrzyki i uściski rąk oraz serdeczne poklepywania po ramieniu towarzyszyły przejściu arbitra i jego asystenta wzdłuż szeregów ludzi tworzących przejście. Przy końcu rozentuzjazmowanego szpaleru pojawił się niespodziewanie prezydent. Czekał na Sędziego w asyście ochrony osobistej. W myślach przygotował sobie krótkie przemówienie. Był zachwycony przebiegiem wydarzeń. Sędzia swoim wyrokiem rozwiązał jego problem.

Facet wyciągnął za mnie kasztany z ognia, cieszył się prezydent. Przegrana sportowa przywódców partyjnych przekłada się na ich klęskę polityczną. Sędzia wyeliminował z gry najbardziej agresywnego i nieobliczalnego polityka, który tylko przysparzał mi problemów, oraz drugiego, który mając władzę, nie umiał mu się przeciwstawić. Precz z nieudacznikami! Wyciągnął rękę do Sędziego i zaczął mu dziękować.

– Podjął pan duże ryzyko – stwierdził na zakończenie.

– Jak mam to rozumieć? – Sędzia śmiało popatrzył w oczy prezydentowi.

– Zrobił pan sobie wrogów z dwóch największych partii politycznych – zabrzmiało to jak ostrzeżenie o zbliżającym się tajfunie. – Pańska decyzja wydaje mi się jednak jak najbardziej uzasadniona – dodał w pośpiechu prezydent, pragnąc złagodzić swoją dość niefortunnie sformułowaną wypowiedź.

Sędzia milczał chwilę, dobierając w myślach słowa, aby w końcu odpowiedzieć:

– Może sędziowie ponoszą dla dobra społeczeństwa większe ryzyko niż prezydenci? Czy to możliwe, panie prezydencie?

– Możliwe, choć nie jestem tego całkiem pewien – najwyższy przedstawiciel państwa odbił piłeczkę, udzielając nijakiej odpowiedzi.

Sędzia skłonił lekko głowę, po czym obydwaj mężczyźni pożegnali się w nieco chłodniejszym nastroju.

Zanim Sędzia dotarł do swego pokoju, na stadionie pojawili się już sprzedawcy medalików, orderów, odznaczeń i dewocjonaliów z wizerunkiem świętego Jerzego.

– Prawdziwy jarmark! – Sędzia dotknął łokcia zastępcy i wskazał ruchem głowy rzędy straganów, budek i stołów.

Ordery i dewocjonalia mieszały się z tandetnymi kubeczkami, miseczkami i innymi artystycznie wątpliwymi akcesoriami. Rozłożono je gdzie tylko można: na krzesłach, w tekturowych pudłach, na ławkach, straganach, stołach, na murawie zasłanej w pośpiechu kocami i płaszczami. Spóźnieni sprzedawcy trzymali swoje towary przewiązane tasiemkami i rzemykami na rękach, szyi i na piersiach. Nikt nie dyskutował spraw wielkiego sportu ani polityki. Teraz chodziło o handel, negocjacje, pamiątki i pieniądze. Z tyłu za handlarzami stały pojazdy, z których serwowano gorące potrawy. Zapach kiełbasy smażonej na ruszcie mieszał się z aromatem świeżo parzonej kawy, kolory lodów kontrastowały z brązowością świeżego chleba. Prawdziwa jadłodajnia i hala targowa. – Szczerbaty poczuł się zakłopotany nagłą zmianą atmosfery.

– Naród miłośników sprawiedliwości i handlarzy świętościami – wycedził przez zęby Sędzia z mieszanymi uczuciami podziwu i niesmaku.

❖

– Może przejdziemy jeszcze kawałek, panie sędzio? Igrzyska się zakończyły, pogoda jest nadal piękna, przydałoby się nogi rozprostować. Da się pan namówić? – asystent lukrował głos ciepłymi tonami.

– Dokąd moglibyśmy pójść? – Sędzia popatrzył na rozmówcę, sceptycznie wykrzywiając usta. Wahał się.

– Możemy iść w kierunku pomnika jeźdźca i konia. Widzę tam sporo ludzi. Ostatecznie ten pomnik miał swój udział w pańskiej decyzji ukarania czerwonymi kartkami przywódców dwóch czołowych drużyn – Szczerbaty liczył na to, że poruszy w Sędzim strunę zainteresowania celem spaceru.

– Może i ma pan rację, panie asystencie. Chodźmy, co nam to szkodzi – ustąpił Sędzia, strzepując z ubrania niewidoczny kurz i oceniając wygląd swoich nieco przybrudzonych pantofli.

W miarę zbliżania się do pomnika mężczyźni napotykali coraz więcej osób. Tłum gęstniał. Ludzie lepili się do siebie jak śmietana ubijana na masło. W pewnym momencie spacerowicze musieli zwolnić, a potem się zatrzymać. Droga była zablokowana. Ludzie z trudem przeciskali się w tłumie, poruszając się w przeciwnych kierunkach.

– Co tu się dzieje? – Sędzia zmarszczył brwi z niesmakiem. Obrócił głowę w kierunku asystenta, kiedy nagle gdzieś blisko odezwał się mocny, rozkazujący, męski głos:

– Rozstąpcie się! Zejdźcie na boki! Dajcie drogę panu sędziemu, bohaterowi dzisiejszego dnia!

Ludzie zaczęli rozchodzić się na boki zgodnie z poleceniem. Droga otworzyła się jak za dotknięciem czarodziejskiej różdżki. W odległości kilku kroków Orlando i jego towarzysz ujrzeli na drodze chudego, wysokiego osobnika w kapturze częściowo skrywającym nieogoloną twarz. Sędzia zawahał się. Postać mężczyzny wydała mu się dziwnie znajoma, nie mógł jednak przypomnieć sobie skąd.

– I co, panie sędzio? Znowu się spotykamy. Pan mnie oczywiście poznaje? – nieznajomy krótkimi szczeknięciami wyrzucił z siebie pytania i lekko uchylił kaptur.

Sędzia nie miał już wątpliwości, kogo ma przed sobą. Chciał coś powiedzieć, ale Chudy nie dał mu szansy.

– Ostrzegałem, ale nie posłuchał pan. A dzisiaj podjął pan niewłaściwą decyzję. Mówiłem, aby nie mieszał się pan do polityki, ale pan to zrobił. Jednak należy przyznać sprawiedliwie, że zostało to wykonane po mistrzowsku. Należy się panu nagroda!

Nikt z obecnych w pobliżu nie miał pojęcia, co ma na myśli mroczny chudzielec w kapturze. Miejsce, okoliczności, postawa, ubiór, treść słów i ton głosu mężczyzny wywołały jednak poczucie grozy, która zawisła w powietrzu.

– Jezus Maria... – wymamrotała kobieta stojąca z boku. – Zróbcie coś! – ponaglała otaczających ją mężczyzn. – Bo stanie się coś strasznego! – Nikt nie zareagował na jej słowa.

Atmosfera zgęstniała od napięcia. W otoczeniu stojących naprzeciwko siebie dwóch mężczyzn nastąpiła cisza, wszyscy zamilkli jak na komendę. Szczerbaty poczuł drętwienie nóg, nie mógł wydobyć z siebie głosu ani zareagować w jakikolwiek inny sposób. Serce zaczęło mu gwałtownie bić i pot zrosił czoło. Zdał sobie sprawę z rozpaczliwej sytuacji. Bał się o sędziego.

Sędzia zachował przytomność umysłu. Przeczuwał, że Chudy zechce spełnić swoje groźby, niepewny był tylko czas i okoliczności. Spotkanie nie zaskoczyło go całkowicie. Krótkie przemówienie Chudego dało mu czas, aby ochłonąć. Szybko sięgnął do prawej kieszeni bluzy, nerwowym ruchem wyciągnął mały rewolwer i strzelił. Prawe ramię Chudego podskoczyło, jakby go coś ugryzło lub ukłuło. Nieoczekiwanie w jego lewej ręce pojawiła się broń wyciągnięta gdzieś zza pleców jak u sztukmistrza. Był mańkutem. Tłumik rewolweru przygłuszył huk wystrzału, stwarzając nierealne wrażenie, że nie dzieje się to w rzeczywistości, ale gdzieś na scenie teatru lub na ekranie telewizora.

Świadkowie wydarzenia skurczyli się w sobie. Rozległ się drugi strzał. Szczerbaty usiłował podtrzymać padającego Sędziego, który zgiął się w pasie, wywołując wrażenie klauna cyrkowego starającego się rozbawić publiczność, kłaniając się głęboko, aby nieoczekiwanie runąć na ziemię. Asystent w niemym przerażeniu patrzył na szarzejącą twarz. Na koszuli obnażonej przez rozsunięte poły obszernej, eleganckiej bluzy Sędziego, jak kwiaty rozkwitały dwie plamy czerwieni.

– Zupełnie jak róże – wyszeptał zafascynowany niesamowitym zjawiskiem Szczerbaty.

Wokół zebrał się już tłumek ciekawskich. Wszyscy patrzyli z niedowierzaniem na ofiarę brutalnego zamachu.

– Odsuńcie się i wezwijcie natychmiast pogotowie – zawołał asystent nieswoim głosem. Kilka osób w pośpiechu sięgnęło po telefon komórkowy, aby wezwać karetkę pogotowia i policję. Kiedy Szczerbaty odwrócił wzrok w kierunku, skąd padły strzały, nie zauważył już Chudego ani nikogo podobnego. Zabójca zniknął niby zły duch.

Kilkanaście metrów dalej odjeżdżający ciemnoszary samochód rozpylał chmurę gęstego pyłu i dymu. Błoto, brud i kurz, jakimi był pokryty, uniemożliwiały jego identyfikację.

Wkrótce na syrenie przyjechała karetka pogotowia, a zaraz potem radiowóz policyjny. Lekarz dokonał oględzin ciała i stwierdził zgon. Funkcjonariusze policji przeszukali miejsce zabójstwa, oznaczyli je i ogrodzili. Przed oczami Szczerbatego sceny te przewinęły się jak spowolniony, niemy film, klatka po klatce. Ktoś przyjechał, coś zrobił i odjechał.

10

Wiadomość o śmierci sędziego Orlanda rozniosła się lotem błyskawicy. Szybkość jej upowszechniania wyznaczały telefony komórkowe, najnowsza zdobycz technologii masowego szpiegowania i donoszenia, oraz gorliwość nadawania i odbierania ważnych wiadomości.

Prezydent otrzymał wiadomość, kiedy siedział razem z małżonką w kawiarni „La Palma". Usytuowana na górnej kondygnacji dłuższego boku stadionu głównego, oferowała widoki terenów parkowych, zespołu boisk i pól gier ruchowych oraz basenu na otwartym powietrzu. Kiedy zadzwonił telefon prezydenta, używany wyłącznie pod nieobecność ochrony osobistej, para prezydencka jadła lody.

– Panie prezydencie! Panie prezydencie! – krzyczał szef ochrony. – Proszę podejść szybko do okna i popatrzeć na stadion.

Odbiorca wiadomości bez wahania wykonał polecenie. Ludzie niby czarne mrówki biegali szaleńczo wokół ciemnej plamy niekształtnego zgromadzenia, ku któremu zbliżał się jakiś pojazd podobny do biegnącego po równej drodze dużego owada.

– Zastrzelono sędziego Orlanda, głównego sędziego igrzysk! – alarmującym głosem donosił szef ochrony.

– Jak? Kiedy? – Prezydent był tak zaskoczony, że nie widział, o co pytać.

– Nic więcej nie wiem, moi ludzie to sprawdzają. Martwię się o państwa, już pędzę do was. Przepraszam, to na razie – chaotycznie wołał ochroniarz, nie dając prezydentowi możliwości reakcji na nieoczekiwane oświadczenie, że wbrew ustaleniu nie pozostawi pary prezydenckiej w samotności. Prezydent wrócił do stolika i podzielił się wiadomością z żoną. Odjęła od ust łyżeczkę z lodami pistacjowymi i zapytała wzburzona:

– Co zamierzasz z tym zrobić?

Prezydent zastanowił się i odpowiedział spokojnie:

– Nic. Nic, dopóki nie dowiem się, co się dokładnie stało. Nie znam żadnych szczegółów oprócz tego, że zginął główny sędzia igrzysk.

– Twoje poczucie sprawiedliwości jest doprawdy zdumiewające – małżonka nie ukrywała dezaprobaty z tytułu braku stosownej reakcji pierwszej osoby w państwie.

– Przepraszam cię, Karolinko, ale co miałbym zrobić? To nie jest wydarzenie, które wymaga natychmiastowego działania lub czegokolwiek innego poza wyrażeniem żalu w gronie osób, z którymi przebywam. Oczywiście jest mi ogromnie przykro. Mówię to szczerze.

Odpowiedź wyczerpała miarę cierpliwości pierwszej damy wobec męskiej odmienności. Już od pewnego czasu gromadziła w pamięci dowody swojej cierpliwości wobec działań prezydenta, które nie były potrzebne, oraz jego powstrzymywania się od działań, których potrzeba była równie oczywista jak słońce na błękitnym niebie. Będąc żoną głowy państwa, mogła pozwolić sobie na wiele. Ona jedna w kraju była w stanie uczciwie powiedzieć prezydentowi, co myśli, i oczekiwać od niego działań, które były w interesie państwa. Odbyli na ten temat niejedną rozmowę. Nie zamierzała odstępować od przywilejów nadanych jej przez Kościół ustami biskupa, który udzielał im ślubu w katedrze. Jej pamięć oderwała się od stadionu i pośpieszyła do miejsca i dnia ślubu. Przerwał jej niecierpliwy głos męża.

– Słuchaj, Karolino! Na jakiej podstawie uważasz, że masz prawo mówić mi, co powinienem teraz zrobić? To przecież ja jestem prezydentem! – obruszył się mężczyzna.

– Jesteś, kochanie, temu nie zaprzeczam, ale ja jestem twoją żoną, pierwszą damą kraju. W Kościele katolickim małżonkowie mają święte prawo i obowiązek mówić sobie prawdę i nawzajem oceniać swoje postępowanie – dokończyła, podnosząc łyżeczkę z resztką lodów, którym udało się nie spaść na obrus. Popatrzyła na nie z niechęcią.

Prezydent uznał, że nie zdoła wygrać batalii tkwiącej korzeniami w naturze kobiecości, małżeństwa oraz wyjątkowego charakteru żony.

– To co według ciebie powinienem w tej chwili zrobić? – zapytał męczeńskim głosem.

– Jak to co? Publicznie potępić to ohydne morderstwo, ogłosić żałobę narodową lub co najmniej pogrzeb na koszt państwa, wszcząć natychmiastowe dochodzenie. Wiesz co, Dusiu, ty beze mnie nie przeżyłbyś na swoim urzędzie nawet jednego dnia!

Szczera, aczkolwiek mało dyplomatyczna odpowiedź skruszyła lody tężejącej niechęci i prezydent wybuchnął śmiechem. Wszyscy obecni w promieniu kilkunastu metrów odwrócili się w ich kierunku. Prezydent z powagą skinął głową w stronę największej grupy gości, po czym telefonicznie polecił ochronie i kierowcy, aby czekali przy wejściu głównym.

Wstając od stołu, Karolina zadała sobie pytanie, czy tym razem nie przesadziła. Ogarnął ją niepokój. Chyba wyolbrzymiam niektóre sprawy, pomyślała. Ciągle go krytykuję, coś mu wytykam, irytuję go. Nawet jeśli mam rację, to co z tego? Jeszcze mnie znienawidzi. Mężczyźni na takich stanowiskach lubią zmieniać żony, a ja nie jestem pięknością. Nie mogę siebie oszukiwać, nie jestem już młoda ani urodziwa. Gdyby mu przyszło do głowy wystąpić o rozwód, moje postępowanie tylko dostarczyłoby mu argumentów. Choć nie byłoby to łatwe, bo to katolicki kraj i miałby od razu wielu wrogów. Ponadto, do rozwodu nie mogłoby dojść, bo dzieci by mu tego nie wybaczyły,

kobieta pocieszała się, jak umiała. Uważają nas za najlep-
szych rodziców i doskonałe małżeństwo. Dzieci są zawsze
najbardziej poszkodowane przy rozwodzie, bez względu na wiek. Zasmuciła się, wyobrażając sobie dziesiątki
pokrzywdzonych istot, którym los odebrał ojca. Nieważne,
czy to pięciolatki, czy dorastająca młodzież, dzieci to dzieci,
doszła do absurdalnie oczywistego wniosku.

W głębi serca była prawie pewna, że mąż wie, że odda-
łaby życie za niego i że zawsze może zrobić to, co sam uważa za słuszne. Ta świadomość trochę ją uspokoiła. Ja jestem
tylko głosem jego sumienia wobec społeczeństwa. To mu
wychodzi na dobre i on o tym wie. Jest prawdziwym patrio-
tą, rozważnym i oddanym, tylko trochę powolnym. Popatrzyła na kroczącego obok mężczyznę wzrokiem kocha-
jącej kobiety.

Prezydent odebrał to spojrzenie. Ogarnęło go pragnienie wybaczenia wsparte przeświadczeniem, że żona jest
bardziej spontaniczna, szybsza i wrażliwsza na prawdę.
Ja jestem po prostu mniej intuicyjny, stwierdził w duchu
i uścisnął mocno jej ciepłą dłoń.

Chwila pocieszenia nie uśmierzyła jego wyrzutów sumienia. Nie mógł sobie wybaczyć, że sędzia musiał oddać
życie, aby rozładować niebezpieczne napięcie między dwie-
ma zwalczającymi się stronami. Miał sobie za złe, że sam
nie zdecydował się rozwiązać nabrzmiałego od dawna problemu.

❖

– Panie premierze! Panie premierze! – asystentka prze-
rwała rozmowę szefa rządu z ministrem sprawiedliwości. –
Stało się coś strasznego! Sędzia Orlando został zamordo-
wany! Na stadionie!

– Niemożliwe. Jak to się stało? Kiedy? – Premier z wrażenia aż wstał z fotela.

Wiadomość wyprowadziła go z równowagi, choć w życiu słyszał już wiele rzeczy zaskakujących i bulwersujących. Ostatecznie niecodziennie mordują powszechnie znaną osobę. Dzisiejszy dzień rzeczywiście obfituje w zamachy, pomyślał, odruchowo dotykając piersi, gdzie wciąż odczuwał lekki ból.

– Czy wiesz coś więcej na ten temat?

– Niestety, niewiele więcej, oprócz tego, że jest tam policja, karetka pogotowia, służby porządkowe i masa gapiów. Jak zwykle, dla ludzi śmierć człowieka jest równie pasjonująca jak widowisko cyrkowe – dodała z przekąsem.

– Proszę ustalić więcej szczegółów – nie musiał wyjaśniać niczego więcej. Rozumiało się samo przez się, że sprawa jest pilna i ważna. Ten temat on i jego współpracownicy mieli dobrze obskakany.

Zaczął myśleć o konsekwencjach zdarzenia. Był to odruch, wyuczona reakcja doświadczonego polityka, dla którego każde istotne wydarzenie ma bezpośrednie konsekwencje, pozytywne lub negatywne.

– Ciekaw jestem, co Garolis zrobi po usłyszeniu tej wiadomości – dotarł do niego głos ministra sprawiedliwości. – Pewnie się ucieszy, bo był wściekły na sędziego za ten „wyrok"... Za czerwoną kartkę – poprawił się, uznając, że powinien wysławiać się jasno i jednoznacznie. Był bądź co bądź prawnikiem i ministrem.

Premier miał wrażenie, że nabrzmiała, masywna twarz rozmówcy stała się jeszcze bardziej czerwona niż kartki, które sędzia wcześniej pokazał publicznie. Przyjrzał się współpracownikowi z uwagą. To apoplektyk. Kiedyś dostanie udaru mózgu. Nie chciałbym przy tym być. Chyba za dużo je i pije. Przed oczami stanął mu obraz ojca, który przeszedł udar mózgu. Premier z wysiłkiem oderwał się od przeszłości i skoncentrował na wydarzeniu dnia. Musiał je przemyśleć.

– Garolis zareaguje podobnie jak ja: nie zmartwi się za bardzo – podsumował i przeskoczył nagle na bolący go temat. – Ten palant chciał mnie ukatrupić w ordynarny, chamski sposób, na oczach tysięcy ludzi. Zrobić mi kuku, podobnie jak ci, co załatwili sędziego. Tylko na moje szczęście on zrobił to nieskutecznie! – Premier przyjął, że sprawców zabójstwa sędziego musiało być więcej. – Może to sam Garolis lub jego ludzie są w to bezpośrednio zamieszani? – wyraził głośno przypuszczenie, jakie zawitało mu do głowy.

Czerwonolicy minister sprawiedliwości popatrzył zdumiony na swego szefa.

– Ja bym tak nie pomyślał. Nie posądzałbym go o to. Ty, jako cel ataku, to zupełnie co innego. Usiłował cię zabić, bo nienawidzi cię do czwartej potęgi. To wariat, ale nie aż taki, żeby mordować sędziego!

– Chyba masz rację, przesadziłem. Zastanawiam się, co powinniśmy zrobić.

– Nie musisz się teraz o nic martwić. To odpowiedzialność organów śledczych i moja. Policja jest na miejscu i prowadzi dochodzenie. Jak tylko ustalą coś konkretnego, będę o tym wiedział. Wprawdzie oni nie podlegają moim kompetencjom, ale mam tam swoje kontakty. Będziesz wiedzieć wszystko ode mnie albo od Roberta, jest przecież ich szefem. W ważnych sprawach moje źródła informacji mają upoważnienie, aby kontaktować się ze mną w dowolnej chwili.

– Zwariowałeś? Mogą do ciebie dzwonić, kiedy siedzisz na sedesie. Przecież to całkiem nienormalne!

– Nic takiego dotychczas się nie zdarzyło. Wolę przesadę, niż żeby ktoś zaskoczył nas i pierwszy podał do wiadomości publicznej jakieś ważne szczegóły dotyczące Orlanda, komentując to jako „nieudolność najwyższych organów państwa" – minister zmienił głos, wciągnął głowę w ramiona i skurczył się w sobie, imitując zachowanie Garolisa. Był znany z umiejętności naśladowczych.

Premier wybuchnął śmiechem, łzy napłynęły mu do oczu. Po chwili zreflektował się, przypominając sobie, że nie jest to czas na żarty.

– Wiesz co? Może ty naprawdę jesteś najgorszym ministrem sprawiedliwości, podobnie jak ja najgorszym premierem, źródłem największego zła w tym kraju, jak mówi Garolis. Ale ty przynajmniej masz talent aktorski. A co ja mam? – głośny rechot podsumował fragment poufnej rozmowy gabinetowej.

Po ochłonięciu mężczyźni wrócili do tragicznego wydarzenia i ocenili jego konsekwencje dla rządu i państwa. Była to praktyka, którą Słabosilny wprowadził na początku swojej władzy.

– Sam fakt zabójstwa nie szokuje mnie nadzwyczajnie – premier podsumowywał swoje myśli i odczucia. – Sędzia podjął decyzję, która wyprowadziła z równowagi niejednego kibica i wszystkich wariatów politycznych. Dla mnie jest to tylko przykre, niefortunne wydarzenie. Będzie śledztwo. Nie jesteśmy w to zamieszani, z wyjątkiem muru, na który wpadł ten zakichany szwoleżer. Ale niełatwo będzie mu udowodnić, że był to zamach na jego życie. On sam jest w nieporównywalnie gorszej sytuacji. Prawie przyłożył mi rewolwer do piersi i strzelił! Decyzja sędziego Orlanda z pewnością wyprowadziła go z równowagi. Oni mogli nawet usiłować go sprzątnąć, bo stał się niewygodnym świadkiem. Mógłby coś przeciwko nim zeznawać, może nawet coś o nich wiedział. Tak mi przyszło do głowy. Co o tym sądzisz?

Minister nie odzywał się. Premier uznał to za aprobatę lub co najmniej brak sprzeciwu wobec diagnozy, jaką postawił.

– Pocieszające jest to, że ty jesteś ministrem sprawiedliwości. Mieć prawo po swojej stronie, to jest coś. – Obydwaj mężczyźni z powagą pokiwali głowami.

Rumiana twarz ministra sprawiedliwości wydała się premierowi łagodniejsza i bardziej do zaakceptowania.

Nowi Kreacjoniści, partia ludzi zdrowo myślących, jak mówili o sobie, dysponowała dyskretną siecią donosicieli i informatorów. Garolis publicznie nigdy nie określiłby ich w ten sposób, byłoby to uwłaczające. Nikt nie lubi być nazywany „donosicielem" nawet wtedy, gdy jest to uzasadnione i oczywiste. Znał sztukę zaprzeczania faktom, rozwinął ją do poziomu artyzmu. Czekał teraz na informacje o tym, jak społeczeństwo przyjęło wykluczenie jego zespołu z igrzysk. Dbał o to, aby być dobrze poinformowanym i wykorzystywać to dla budowy wizerunku partii. Prowadził dyskretną politykę medialną, dobierając sobie dziennikarzy, redaktorów i osoby na wysokich stanowiskach, wszystkich, którzy byli wpływowi i sprzyjali jego partii.

Od chwili pokazania czerwonej kartki i publicznej dezaprobaty wobec zachowania Garolisa, sędzia Orlando stał się jego osobistym wrogiem. Ciekaw jestem, na czyje zlecenie lub w porozumieniu z kim on działał? – zastanawiał się Garolis w trakcie przebierania w szatni. Przyszedł ostatni, aby nie musieć z nikim rozmawiać ani odpowiadać na pytania. Opuszczając szatnię, zatrzymał się w korytarzu i popatrzył w lustro. Nie wyglądał źle, zważywszy na przejścia dnia. Wyprostował się i uważnie przyjrzał postaci w lustrze. Robił to zawsze przed wyjściem z domu. „Wygląd jest ważny dla polityka." Powtarzał to regularnie współpracownikom. Ciemny kolor garnituru doskonale kontrastował z siwymi, lekko przylizanymi włosami. Do twarzy był przyzwyczajony, choć nie wszystko mu się w niej podobało. Ale kobietom się podobam. Przypomniał sobie artykuł zamieszczony w jakimś tygodniku. Uznał go za miłe wydarzenie tym bardziej, że często pisano o nim krytycznie.

Uśmiechnął się, aby ocenić stan uzębienia i wrażenie, jakie wywoływało pogodne oblicze. Przypomniał mu się dentysta, nie było jednak czasu na rozmyślania o wizycie.

– Kapota jest w porządku – doszedł do wniosku, wygładzając materiał długiej, czarnej kurtki. Nawykowo używał czasem staromodnego określenia, odziedziczonego po dziadku i ojcu. Nie lubił jednak, kiedy mu przypominano, że nie mówi się już kapota, tylko kurtka. Był tradycjonalistą starającym się godzić przeszłość z nowoczesnością. Cenił tradycję, ponieważ inna postawa wydawała mu się niepatriotyczna. Dzisiaj ludzie, zwłaszcza młodzi, mówią takim językiem, że pożal się Boże. Rozmawiał o tym z językoznawcą, profesorem Kogutkiem, który popierał jego partię głównie dlatego, że podkreślała wartości patriotyczne, historyczne i narodowe.

Obrócił się bokiem do lustra. Nie za bardzo podobały mu się plecy, były zbyt sztywne.

– Ta kurtka jest źle uszyta. Wyglądam jak usztywniony deską do prasowania – mruknął, ale po chwili zadumy zmienił zdanie. – To poprawia mój wygląd: sylwetka prosta, wojskowa, typowa dla ludzi z charakterem.

Do głowy wciśniętej w ramiona już się przyzwyczaił. Nadawało to zwarty wygląd jego symetrycznej postaci.

Zakładał już czapkę, kiedy zadzwonił telefon komórkowy.

– A, to pani, pani Zofio. Dzień dobry.

Lubił Zofię Konar, choć czasem krytykowała go w dyskusjach publicznych w telewizji i w wywiadach. Robiła to z umiarem. Kilka razy pod jej wpływem zmienił swoje nastawienie do sprawy, raz nawet odwołał poważną decyzję. Miała wyczucie polityczne i wywierała na niego dobry wpływ. Często zapraszano ją do dyskusji na tematy dnia w telewizji. Mówiono mu, że podkochuje się w nim. Doceniał to, ale była kobietą zamężną. Zresztą nie zamierzał wchodzić w trwały związek ani żenić się. Nigdy! Pomyślał zdegustowany, że taka idea w ogóle przyszła mu do głowy.

– Czy pan słyszał, panie prezesie, o tym strasznym wydarzeniu na stadionie?

– Nie tylko słyszałem, ale w nim uczestniczyłem.

– Co pan mówi? Uczestniczył pan w zabójstwie?

– Teraz to ja zapytam panią, o co chodzi? Czy to jakiś żart?

– Przed chwilą podano w telewizji, że zamordowano sędziego Orlanda, tego, który prowadził Sportowe Igrzyska Partii i Organizacji Politycznych. Nigdy o nim nie słyszałam.

– O cholera! – wyrwało mu się. Nie lubił przeklinać. Był trochę zły, że dowiedział się o sprawie od osoby postronnej, pośrednio z telewizji. – Jak to się stało? Kto to zrobił? – zadawał pytania, lecz nie za bardzo chciał słuchać odpowiedzi. Zaczął snuć własne domysły. – Może to ktoś z naszych? Jakiś nadgorliwiec – zaniepokoił się, potem ogarnął go strach. Będę pierwszym podejrzanym, pomyślał. Decyzja sędziego najbardziej uderzyła we mnie i wszyscy uznają, że miałem powody, aby go nienawidzić. Nie dość, że będę tłumaczyć się z tego fatalnego incydentu z... Szukał dostatecznie obraźliwego słowa... Słabosilnym – użył samego nazwiska, ponieważ wydało mu się wystarczająco obraźliwe.

Głos w telefonie tłumaczył coś z przejęciem. Garolis przybliżył aparat do ucha, aby na nowo podjąć rozmowę. Nie wypadało zrobić inaczej, choć opinia rozmówczyni mało go interesowała. Włączył się, przerywając tok jej wypowiedzi:

– Czy podano może opis zabójcy czy zabójców?

– Podobno jest wysoki. Nic więcej nie wiem. Nie wiadomo, kto to jest. Policja szuka jak szalona. Chyba boją się, że znowu coś spieprzą – rozmówczyni była podekscytowana. – Wiadomo tylko tyle, tak mówili świadkowie zdarzenia, że był to wysoki mężczyzna i miał na głowie kaptur zasłaniający twarz. Nic ponadto. To działo się tak szybko. Dwa lub trzy strzały: Bach! Bach! Bach! I po wszystkim.

Mówi jak sprzątaczka, choć jest adiunktem wydziału dziennikarstwa. Garolis był zdegustowany jej relacją, zupełnie niepasującą do osoby wysoko wykształconej.

Oderwał się ponownie od rozmowy telefonicznej i prześlizgiwał po działaczach i zwolennikach Partii Nowego Kreacjonizmu. Męczyło go, kto mógł być zabójcą. Nikt nie przychodził mu do głowy. Policja będzie węszyć jak pies gończy w poszukiwaniu mordercy i badać wszystkie możliwe związki, także jego osoby z ofiarą. Znowu ogarnął go niepokój. Zaczął słuchać głosu w telefonie, aby zapomnieć o przygnębieniu. Muszę koniecznie dowiedzieć się, kto za tym stoi, aby odsunąć podejrzenia od siebie. Jak to zrobić? Zdecydował spotkać się z najbliższymi, najbardziej zaufanymi współpracownikami.

❖

– Doskonale pan wygląda, szefie – w drzwiach małej sali konferencyjnej przywitał Garolisa sekretarz partii, Horacy Tabun. – Naprawdę – dorzucił dla usunięcia wątpliwości, jakie u niektórych ludzi budzi zbyt entuzjastyczna ocena ich osoby.

Prezes wierzył w szczerość asystenta, gdyż był to człowiek wyjątkowo oddany i sprawny, a w dodatku dyskretny. Podobnie jak on sam nie miał bliższej rodziny, cały czas i energię poświęcał partii. Cechowały go ujmujący sposób bycia i nietypowa delikatność rzadko spotykana u mężczyzny. Nie przeklinał i dbał o swój wygląd, chodząc regularnie na siłownię.

Nigdy mi niczego nie odmówił. Nie odmówiłby nawet, gdybym chciał go naciągnąć na seks. Jezus Maria! Skąd przyszła mi do głowy taka kretyńska myśl!? – pomyślał prezes z obrzydzeniem. Nie znosił homoseksualistów. Przypomniał sobie rozprawę sądową, w której dwaj mężczyźni procesowali się zaciekle o majątek. Ze śledztwa wynikało, że wcześniej darzyli siebie głębokimi uczuciami. Co to za uczucia?! – pomyślał, nie mogąc zaakceptować, że jakieś zwariowane skojarzenie pomieszało mu w głowie.

Nerwy dawały mu znać o sobie. Przestraszył się, że coś z nim jest nie w porządku.

Przy małym stole konferencyjnym siedzieli już najbliżsi współpracownicy, ścisły sztab Partii Nowych Kreacjonistów. Na ich twarzach malował się niepokój. Zapach silnej wody kolońskiej mieszał się z intensywną wonią środka do konserwacji podłogi, dodając dziwny akcent do widoku sztywnych postaci.

– Panowie! Sędzia Orlando, usuwając mnie z boiska, a potem przez swoją nieoczekiwaną śmierć, stworzył dla nas poważne zagrożenie – przed przyjściem Garolis przemyślał sobie starannie treść inwokacji „do wiernych". Od razu zrzucił winę na sędziego, obciążając go odpowiedzialnością za zagrożenie. Nie użył też słów „zagrożenie dla mnie", lecz przypisał je całej organizacji. Zręcznymi pociągnięciami konsolidował szeregi partii.

– Oceńmy sytuację po zabójstwie sędziego Orlanda. Orlanda... – powtórzył mechanicznie, po czym dodał jakby od niechcenia: – Dziwne, niepolskie nazwisko... Mniejsza z tym. Nasuwa się ważne pytanie, kto mógł dokonać na niego zamachu? Jeśli to możliwe, powinniśmy to wiedzieć. Obawiam się, że Ewolucjoniści chętnie i szybko wysuną przypuszczenie, że stało się to z naszej inicjatywy lub za naszą wiedzą. Nie mogą nas oskarżyć bezpośrednio, bo nie mają dowodów, ale na pewno to zasugerują.

– W jaki sposób? – zapytał ktoś przy stole.

Głowy skierowały się ku pytającemu, aby za chwilę wrócić w kierunku prezesa.

– Na przykład pytaniem w rodzaju: Czy jest możliwe, aby przestępstwa dokonał ktoś spośród zwolenników Nowych Kreacjonistów wyprowadzony z równowagi usunięciem prezesa partii z boiska? – treść pytania łatwo przyszła Garolisowi do głowy. Sam by tak to sformułował, gdyby był na ich miejscu. Lapidarne wyjaśnienie zjawiło się razem z pytaniem.

Prezes cenił sobie elastyczność myśli i wypowiedzi w debatach politycznych. Był mistrzem intrygi, insynuacji i *innuendo*. Były to ulubione hasła jego lektur, kiedy miał tylko trochę wolnego czasu. Książek o tematyce politycznej nie trzymał w gabinecie, lecz w mieszkaniu, gdzie nikt go nie odwiedzał. Nie chciał, aby wiedziano o jego szczególnych zainteresowaniach. Pamiętał wszystkie tytuły, które mu się z czymś kojarzyły, a nawet miejsca książek na półkach: kardynał de Richelieu, rodzina Borgiów, Stalin – bezwzględny kat najzdolniejszych dowódców armii rosyjskiej, Filip Piękny – zręczny likwidator zakonu i majątku Templariuszy, Talleyrand – wieloletni minister spraw zagranicznych Francji, geniusz intrygi i negocjacji, o którym mówiono, że sprzedał wszystko z wyjątkiem własnej matki, ponieważ nie mógł znaleźć na nią kupca. Po chwili zamyślenia Garolis wrócił do nękającego go pytania. Rozważał różne sytuacje i opcje.

– Czy jest możliwe, aby zamachowiec lub zleceniodawca morderstwa mógł pochodzić z naszych szeregów? Byłaby to okropna kompromitacja. Tylko wtedy oczywiście, gdyby to wyszło na jaw. Autorzy wielu zamachów politycznych nigdy nie zostali ujawnieni. Na przykład zabójca prezydenta Kennedy'ego. – W tym przypomnieniu było pewne pocieszenie, które zniweczyła następna myśl, bardziej realna. – Sędzia Orlando nie był nam przychylny i dlatego na nas skoncentrują się oskarżenia i ataki opozycji.

Zebrani wrócili do zagadki, głośno roztrząsając, kto mógł być zabójcą. Zastanawiali się nad ludźmi, których znali lub spotkali, wykazującymi agresywność, nienawiść lub wręcz mówiącymi o eliminacji przeciwników. W partii i wśród jej zwolenników było kilka takich osób: na spotkaniach na ogół milczeli, lecz kiedy otwierali usta, nienawiść wylewała się z nich jak strumień ziarna z rozprutego worka. Jak strumień ziarna, tylko szybciej, skomentował w myśli Garolis.

Znał kilku takich ludzi, ale milczał, bo nie był bez winy. Znał ich poglądy, spotykał się z nimi i rozmawiał, lecz nie protestował, że to, co mówią, jest nie tylko niezgodne z prawem, ale zwyczajnie nieludzkie i niekatolickie. Wykazywał „ojcowskie" zrozumienie ich gniewu i nienawiści, milcząco nań przyzwalając, lecz w taki sposób, że zawsze łatwo mógłby odsunąć podejrzenia od siebie. Oficjalnie ani nieoficjalnie nie wyraził nigdy aprobaty dla ich myśli, słów, fantazji i urojeń. Na to był za mądry. Mówiąc „nie", mówił „tak", ale w sposób delikatny i zawoalowany. Dawał im do zrozumienia, że jest po ich stronie, a oni wiedzieli, że odżegnując się od zabójstwa, bo nie mógł przecież inaczej, na pewno by im pomógł, w razie potrzeby wynajmując znakomitego prawnika „dla zachowania sprawiedliwości w warunkach, kiedy wskutek zaniedbań lub złej woli czynników oficjalnych nie mieliby szansy uczciwego procesu". Takich mniej więcej słów użył kiedyś, komentując rozprawę sądową nad kibicami, którzy doprowadzili do zgonu innego kibica, zagorzałego przeciwnika jego partii.

Garolis wyobraził sobie proces sądowy. Znał język prawniczy, uczestniczył w kilku procesach, które sam wytoczył szkalującym go ludziom albo oni wytoczyli jemu. Był to język osaczający i zagrażający. Mając tę świadomość, stał się ostrożniejszy.

Czy świadek wiedział, był świadomy lub mógł podejrzewać, że oskarżony zamierzał, planował lub wspominał, że pozbawi życia sędziego Orlando? Takie pytanie mogło z powodzeniem paść na sali sądowej. Oczywiście, jeśli doszłoby do procesu, w co wątpił. Chroni mnie immunitet poselski, usiłował pocieszyć się, wiedząc, że trudno jest czasem uniknąć rezygnacji z immunitetu. Był świadomy, że immunitet nie jest listem żelaznym. Wystarczyło przegrać w wyborach i już znikał jak wspomnienie...

W trakcie ożywionej dyskusji przy stole prezes tworzył w myślach obraz potencjalnego sprawcy.

– Musiał to być z pewnością ktoś, kto nienawidził sędziego co najmniej tak jak ja i miał w sobie determinację, aby go unicestwić. Sama nienawiść nie wystarczy. Mógł to być jakiś szalony kibol. To spośród nich rekrutują się najbardziej nieobliczalni zwolennicy naszej partii – podsumował prezes, sięgając po czapkę, aby pożegnać się i opuścić zebranie. Było już późno i nie zamierzał dłużej zaprzątać sobie głowy śmiercią człowieka, o którym nie miał pozytywnego zdania. – Przepraszam, muszę już iść, ale wy nie musicie kończyć dyskusji. Jeśli skonkretyzujecie jakieś podejrzenia, dajcie mi znać.

Zbliżał się do drzwi wyjściowych, kiedy z boku podszedł Zachariasz. Jego nieogolona twarz bardziej niż zwykle przypominała drapieżnego ptaka mimo rozjaśniającego ją pogodnego uśmiechu.

– Chciałem z tobą zamienić dwa słowa, Leonie. Chodzi mi o człowieka, który mógł maczać palce w tragicznym zejściu sędziego z tego padołu łez – mężczyzna używał kwiecistego języka, to było w jego stylu. – Nikogo nie podejrzewam, ale gdybym nabrał jakichś podejrzeń, to niezwłocznie cię zawiadomię.

Garolis ostrożnie przyjął do wiadomości słowa zastępcy, jednego z wielu, jakich mianował. Liczba ich powiększyła się od czasu, kiedy poważnie wziął sobie do serca zasadę *divide et impera*. Dziel i rządź. Z Zachariaszem znali się od lat i współpracowali ze sobą blisko i z wielkim powodzeniem, lecz tego dnia miał wrażenie, że za jego słowami i uśmiechem kryje się coś niejasnego.

Na swoich wystąpieniach i konferencjach Zachariasz widywał wysokiego, szczupłego, często nieogolonego mężczyznę w dresie treningowym i sportowym obuwiu marki Puma. Rzadko tu przychodzi, o nic nie pyta, tylko przysłuchuje się, stojąc lub siedząc w końcu sali, blisko wyjścia. Nie znam go, to jakiś milczek – scharakteryzował go zapytany kiedyś o mrukliwego uczestnika swojego wystąpienia.

Chciał wtedy coś dodać, lecz ugryzł się w język z obawy, że powie coś niepotrzebnego.

Zachariasz trzymał tajemniczą postać w zanadrzu, czekając na rozwój wydarzeń. Miał ambicje awansu w partii kierowanej mocną ręką przez jedynowładcę, jak w duchu określał Garolisa. Teraz chciał tylko wiedzieć, co byłoby mu bardzo na rękę, czy przywódcy partii nie grozi aresztowanie pod zarzutem usiłowania zabójstwa premiera rządu. Wiedział, że Garolis ma swoje wpływy w prokuraturze i że jest w stanie opóźnić pewne sprawy, jeśli mu na tym zależało.

– Leonie, martwię się o ciebie – wyznał cicho Zachariasz, nie zdając sobie sprawy, że zabrzmiało to jak szept Judasza. – Chciałeś zastrzelić Słabosilnego. Prokurator zechce ci postawić oskarżenie o usiłowanie zabójstwa i być może nawet aresztować.

– Twoje obawy są jak najbardziej uzasadnione, Antoni. Dziękuję ci za troskę. Rozmawiałem już na ten temat z adwokatem. Nasza argumentacja będzie taka, że nie była to próba zabójstwa, ponieważ wiedziałem, że Słabosilny ma na sobie kamizelkę kuloodporną i strzelając, miałem jedynie zamiar porządnie go nastraszyć. Robimy też rozeznanie, jakiej kaucji mógłby zażądać sąd, abym pozostał na wolności, gdybym oczywiście został oskarżony. Nie są to oczywiście łatwe sprawy, ale – jak obydwaj wiemy – życie nie jest łatwe – filozoficznie podsumował prezes, przywołując na twarz coś na kształt uśmiechu. – Gdybyś dowiedział się czegoś ważnego, co mogłoby nam pomóc, daj mi znać – zakończył, wyciągając rękę na pożegnanie.

❖

Prezydent Karot poczuł się zmęczony. Był już w domu, miał do tego prawo. Przesiadł się z fotela na kanapę i rozciągnął na niej, układając stopy na oparciu bocznym z jednej

strony i lekko skręconą na bok głowę z drugiej strony. Nie
było to zbyt wygodne, gdyż przewracał się z boku na bok,
szukając lepszej pozycji. Był senny, nie zamierzał jednak
spać. Aby odpędzić ospałość, wstał i przeszedł się kilka
razy w poprzek pokoju, po czym opadł wygodnie na kanapę, opierając się o nią wyprostowanymi plecami. Nowa
pozycja okazała się wygodniejsza. Prezydent chciał popro-
sić żonę o zrobienie filiżanki mocnej kawy, lecz była zaję-
ta rozmową telefoniczną. Przyglądał się przez chwilę, jak
stała przy oknie, perorując coś i gestykulując.

Uwielbia rozmawiać z dziećmi i rozkazywać. Ma roz-
winięty instynkt macierzyński i niezły talent dyploma-
tyczny. Skąd ona go wzięła? Wychowanie dzieci wymaga
chyba więcej dyplomacji niż nakazy i zakazy. Moja despot-
ka! – zażartował w duchu, słuchając, jak udziela instrukcji
starszej córce. Spokój otoczenia i odgłosy rozmowy rozle-
niwiły go, myśli gmatwały się, zmierzając ku pokrętnym
meandrom snu. Mężczyzna siedział spokojnie, dopóki nie
obezwładniły go marzenia senne. Wspólnie z wnuczkiem
oglądał sceny w kalejdoskopie, gdzie malutkie zwierząt-
ka oklejone drobnymi, kolorowymi szkiełkami skakały
na wszystkie strony w odpowiedzi na ruchy ręki. Widział je
tak wyraźnie, że miał chęć je dotknąć. Coś nagle zmieniło
się w kalejdoskopie. Dwie postacie skakały sobie do oczu,
trzecia stała nad nimi i przyglądała się. Prezydent zdziwił
się: po niedźwiedziej sylwetce i spokojnych ruchach rozpoznał siebie samego. Wyglądał groteskowo jak w wydłu-
żonym lustrze.

Za chwilę do akcji przyłączyła się czwarta postać, mężczyzna machający rękami, chudy i wysoki. Zachowywał się
jak wariat. Pokazywał coś, gestykulował i tłumaczył. Prezydent usiłował go zrozumieć, lecz bez skutku. Ni stąd,
ni z owąd przybyły wyciągnął czarny przedmiot i obrócił
w kierunku prezydenta, w jakiś śmieszny, a zarazem zręczny sposób. Prezydent rozpoznał rewolwer.

Karolina, z telefonem komórkowym przy uchu, od pewnego czasu obserwowała męża spoczywającego w wyprostowanej pozie na kanapie. Oczy miał zamknięte, po twarzy przebiegały skurcze, pod prawym okiem pojawił się nieznaczny tik. Znała ten widok. Zdarzyło się to już niejeden raz, kiedy zmęczony trudami dnia zapadał w drzemkę. Słuchała wyjaśnień córki dotyczących pieczenia ciasta tortowego, gdy nagle twarz prezydenta skurczyła się w niepokoju lub bólu, a tułów teatralnie przechylił się w prawo i opadł na kanapę ze skręconymi w bok nogami. W jej gardle zamarł krzyk. Niepokój trwał tylko chwilę, bo prezydent spał już spokojnie jak dziecko w pozie groteskowo wygiętego pluszowego misia z ustami tworzącymi szczelinę przypominającą wejście do norki małego zwierzaka.

Pani domu kilkanaście sekund przyglądała się śpiącemu, a następnie, nie przerywając wyjaśnień udzielanych córce, podeszła do kanapy. Zatrzymała się, studiując twarz męża, po czym pogłaskała go czule po policzku. Górna warga i wąsy poruszyły się jak u królika, w górę i w dół, kilka razy. Oczy śpiącego pozostały zamknięte, tylko usta otworzyły się jeszcze szerzej jak w pantomimie błaznującego arlekina.

Życie jest tragikomiczne. Albo gniew, albo śmiech, albo pogrzeb, pomyślała Karolina i zachichotała z rozbawienia. Jeszcze raz przyjrzała się ustom otwartym niczym u karpia i lekko potrząsnęła ramieniem męża, aby skłonić go do zmiany pozycji.

❖

Kiedy pojawiło się pogotowie i wybiegł z niego lekarz w białym kitlu, Szczerbaty oddalił się, usiadł na uboczu na skrzynce po owocach porzuconej przez nieznanego handlarza, oparł głowę na dłoniach i zamknął oczy.

– Spotkanie sędziego i praca z nim to najszczęśliwsze godziny mojego życia. A ten bandzior zepsuł wszystko. –

Mężczyzna splunął z żalem na ziemię, wstał i zaczął zapamiętale wycierać ślad podeszwą buta. – Zgniótłbym tego chudego skurwysyna jak karalucha – warknął, zaciskając pięści do bólu. Nie wiedział, co z sobą zrobić. Ruszył do przodu, wykonał kilka kroków, zatrzymał się, wrócił do skrzynki, siadł i po raz drugi zanurzył twarz w dłoniach. Trwał w szoku i otępieniu. Siedział skulony jak przerażony pies i czekał na pocieszenie, cud, o którym wiedział, że nie nadejdzie.

Po stadionie wałęsali się jeszcze jacyś ludzie, nie wiadomo w jakim celu. Potem zjawiły się służby porządkowe i zaczęto sprzątać. Ktoś podszedł do siedzącego i coś powiedział. Szczerbaty podniósł głowę i zobaczył młodą, niezbyt urodziwą kobietę. Uśmiechnęła się do niego łagodnie i wyciągając rękę, zaproponowała:

– Proszę mi podać rękę. Pomogę panu, odwiozę pana do domu.

Kiedy skinął potakująco głową, nie wykonując żadnego ruchu, kobieta dodała:

– Cieszę się, że pan się zgodził. Podjadę tutaj samochodem. Zbiera się na deszcz.

Szczerbaty wstał i już miał ruszyć za dobrą samarytanką, kiedy potknął się o niewidoczny pręt wystający z murawy i runął jak długi. Coś odmieniło się, jakby pękła w nim napięta sprężyna. Odszedł od niego smutek i przygnębienie, poczuł wściekłość i przypływ energii. Wstając na nogi, chwiał się jeszcze, ale to minęło, kiedy się wyprostował.

– Do trzech razy sztuka! – szarpnął się jak człowiek zraniony do żywego nieoczekiwanym, obelżywym oskarżeniem. – Za nic poturbowali, a potem zabili człowieka. Na moich oczach. Za jego uczciwość i zdecydowanie. – Szczerbaty poczerwieniał na twarzy i zacisnął zęby. Ogarnął go głuchy, wściekły gniew. Nie wahał się już. Wiedział, co ma zrobić. Nienawiść i pragnienie działania wypełniło go do bólu. – Zatłukę tego chudego skurwysyna! Zabiję go jak wściekłego psa!

Szczerbaty spojrzał w niebo, gdzie znowu zbierały się ciemne, zbełtane chmury, i upadł na kolana. Nawet nie poczuł wilgotnej ziemi. Podniósł ręce w górę i przysiągł bluźnierczo:

– Tak mi dopomóż Bóg!

Strona autorska: *www.MichaelTequila.com*
e-mail: *michaeltequila@michaeltequila.com*

Inne publikacje Michaela Tequila (e-booki):
„Klęczy cisza niezmącona" – wybór poezji
„Oniemiałość" – wybór poezji
„Plener zagubionych uczuć" – powieść

67911

REDAKCJA: Julia Łysoń
KOREKTA: Barbara Kaszubowska
OKŁADKA: Piotr Blechacz
SKŁAD: Anita Sznejder
DRUK I OPRAWA: Elpil

Wydanie pierwsze
ISBN 978-83-7942-566-2

NOVAE RES – WYDAWNICTWO INNOWACYJNE
al. Zwycięstwa 96/98, 81-451 Gdynia
tel.: 58 698 21 61, e-mail: *sekretariat@novaeres.pl*, *http://novaeres.pl*

Publikacja dostępna jest w księgarni internetowej *zaczytani.pl*.

Wydawnictwo Novae Res jest partnerem
Pomorskiego Parku Naukowo-Technologicznego w Gdyni.

PPNT Gdynia